Daphne Du Maurier

Der kleine Fotograf

Erzählung

Deutsch von
Eva Schönfeld

Deutscher Taschenbuch Verlag

Von Daphne Du Maurier
ist im Deutschen Taschenbuch Verlag erschienen:
Die Großherzogin (25093)

Oktober 1997
Deutscher Taschenbuch Verlag GmbH & Co. KG,
München
Lizenzausgabe mit freundlicher Genehmigung des
Scherz Verlags, Bern · München

Titel des englischen Originals:
›The Little Photographer‹
Umschlagkonzept: Balk & Brumshagen
Umschlagbild: Ausschnitt des Gemäldes
›Young Woman on the Beach, Walberswick‹ (1886–1888)
von Philip Wilson Steer
Gesetzt aus der Garamond 12/14· (Linotype System 4)
Gesamtherstellung: C. H. Beck'sche Buchdruckerei,
Nördlingen
Gedruckt auf säurefreiem, chlorfrei gebleichtem Papier
Printed in Germany · ISBN 3-423-25131-X

Die Marquise ruhte in ihrem Liegestuhl auf dem Balkon des Hotels. Sie war nur mit einem leichten Morgenrock bekleidet, ihr glattes, goldenes Haar war auf Lockenwickler gedreht und durch ein eng um den Kopf geschlungenes türkisenes Band – es hatte genau die Farbe ihrer Augen – zusammengehalten. Neben ihrem Stuhl stand ein Tischchen, darauf drei Fläschchen mit Nagellack, alle in verschiedenen Tönungen.

Sie hatte auf drei Fingernägel verschiedene Farbflecke getupft und hielt die Hand nun ausgestreckt vor sich hin, um die Wirkung zu prüfen. Nein, der Lack auf dem Daumennagel war zu rot, zu grell, verlieh ihrer schlanken, olivbraunen Hand gleichsam etwas Wildes, als sei aus einer frischen Wunde ein Blutstropfen darauf gefallen.

Der Nagel ihres Zeigefingers dagegen zeigte ein auffallendes Rosa; beide Farben schienen ihr falsch, nicht ihrer gegenwärtigen Stimmung entsprechend. Es war das prangende Rosa eleganter Salons und Ballroben, die ihr gemäße Farbe für einen festlichen Empfang, wo sie langsam ihren Fächer aus Straußenfedern hin und her bewegte, während gedämpftes Geigenspiel erklang.

Der Mittelfinger war mit einem seidig glänzenden Rot betupft, weder karmesin- noch zinnoberfarben, sondern von milderer, zarterer Nuance, der Knospe einer Pfingstrose gleich, die des Morgens tauig erglänzt und sich der Tagesglut noch nicht geöffnet hat. Ja, wie eine Pfingstrose, die, noch kühl und geschlossen, aus ihrem umhegten Bett auf den üppigen Rasen hinabschaut und erst später, zur Mittagszeit, ihre Blumenblätter in der Sonne entfaltet.

Dies war die richtige Farbe. Sie nahm einen Wattebausch und wischte die mißliebigen Tupfen von den beiden anderen Fingernägeln, tauchte gemächlich und sorgfältig den kleinen Pinsel in den erwählten Lack und arbeitete mit raschen, gewandten Strichen wie ein Künstler.

Als sie fertig war, lehnte sie sich erschöpft in den Liegestuhl zurück und fächelte die Hände in der Luft, um den Lack trocknen zu lassen – eine seltsame Geste, wie die einer Priesterin. Sie blickte auf ihre aus den Sandalen hervorlugenden Zehen hinab und beschloß, auch sie sogleich, in ein paar Minuten, zu lackieren; blasse, olivbraune Hände und Füße, beherrscht und ruhig, die plötzlich zum Leben erwachten.

Aber jetzt noch nicht. Erst mußte sie ruhen, sich erholen. Es war zu heiß, um sich aus der wohligen Rückenlage zu erheben, sich vorzubeugen und, zusammengekauert nach Art der Orientalen, die Füße zu schmücken. Zeit gab es im Überfluß, ja, sie spann sich wie der Faden eines abrollenden Knäuels durch den ganzen schwülen Tag hindurch.

Die leisen Geräusche des Hotels erreichten sie wie im Traum, die verschwommenen Laute taten ihr wohl, da sie in dieses Leben einbezogen und doch frei war, nicht länger an die Tyrannei des eigenen Heimes gekettet. Jemand auf dem Balkon über ihr schob einen Stuhl zurück. Unten auf der Terrasse entfaltete der Kellner über den kleinen Frühstückstischchen die fröhlich gestreiften Sonnenschirme. Sie konnte die Anweisungen des Maître d'hôtel im Speisesaal hören. Im angrenzenden Appartement räumte das Zimmermädchen auf; Möbel wurden gerückt, ein Bett knarrte, der Hoteldiener trat auf den benachbarten Balkon hinaus und wischte den Boden mit einem Reisbesen. Ihre Stimmen erklangen murmelnd, ärgerlich; dann erstarben sie. Wieder Stille. Nichts als das träge Plätschern des Meeres, das gemächlich den glühenden Sand leckte; irgendwo weit fort, zu weit, um zu stören, ertönte das Lachen spielender Kinder, unter denen sich auch ihre eigenen befanden.

Auf der Terrasse unter ihr bestellte ein Gast Kaffee. Der Rauch seiner Zigarre stieg zu ihrem

Balkon empor. Die Marquise seufzte, ihre schönen Hände sanken wie Blütenblätter zu beiden Seiten des Liegestuhls hinab. Dies war Frieden, dies war Wohlgefühl. Wenn sie doch diesen Augenblick noch eine Stunde lang festhalten könnte ... Aber eine innere Stimme sagte ihr, daß der alte Dämon der Unzufriedenheit, der Langeweile nach dieser Stunde wiedererwachen würde, selbst hier, wo sie frei war, Ferien hatte.

Eine Hummel schwirrte herbei, verharrte schwebend über dem Fläschchen mit Nagellack und kroch in eine Blüte, die eines der Kinder gepflückt und liegengelassen hatte; als sie in der Blüte verschwunden war, verstummte das Summen. Die Marquise öffnete die Augen und sah, wie das Insekt betäubt vorwärtskroch, noch ganz benommen in die Luft stieg und davonsummte. Der Zauber war gebrochen. Die Marquise nahm den Brief ihres Gatten auf, der auf die Fliesen des Balkons geflattert war. »Leider ist es mir ganz unmöglich, zu Dir, Liebste, und den Kindern zu kommen. Die Geschäfte nehmen mich hier zu Hause völlig in Anspruch; wie Du weißt, kann ich mich nur auf mich selbst verlassen. Natürlich werde ich alles daransetzen, um Dich Ende des Monats abzuholen. Genieße inzwischen Deine Ferien, bade und erhole Dich. Die Seeluft wird Dir gewiß guttun. Gestern besuchte ich Maman und Madeleine, anscheinend will der alte Curé ...«

Die Marquise ließ den Brief wieder zu Boden sinken. Der verdrossene Zug um die Mundwinkel, dies verräterische Zeichen, das einzige, das die glatte Lieblichkeit ihres Gesichts störte, verstärkte sich. Immer dasselbe. Ständig seine Arbeit. Dieses Gut, diese Ländereien, diese Wälder, diese Geschäftsleute, die er treffen, diese plötzlichen Reisen, die er unternehmen mußte; Edouard betete sie zwar an, hatte aber keine Zeit für sie.

Man hatte sie vor der Hochzeit gewarnt, daß es so kommen würde. »C'est un homme très sérieux, Monsieur le Marquis, vous comprenez.« Wie wenig sie das bekümmert hatte, wie froh sie eingewilligt hatte; denn was konnte ihr das Leben Besseres bieten als einen Marquis, der außerdem noch ein »homme sérieux« war? Was konnte bezaubernder sein als dieses Schloß, diese großen Güter? Was imposanter als das Palais in Paris, als diese unterwürfig katzbuckelnde Dienerschar, die sie Madame la Marquise titulierte? Für ein Mädchen wie sie, das als Tochter eines vielbeschäftigten Arztes und einer kränkelnden Mutter in Lyon aufgewachsen war, schien es eine Märchenwelt. Wenn nicht eines Tages Monsieur le Marquis aufgetaucht wäre, säße sie am Ende noch heute, vielleicht als Frau eines jungen Assistenzarztes des Vaters, in dem alltäglichen Einerlei in Lyon.

Eine Liebesheirat, gewiß. Von seinen Verwandten zunächst höchstwahrscheinlich mißbilligt. Aber Monsieur le Marquis, der »homme sérieux«, war über vierzig. Er wußte, was er wollte. Und sie war schön. Damit war die Sache entschieden. Sie heirateten. Bekamen zwei kleine Töchter. Waren glücklich. Manchmal allerdings ... Die Marquise erhob sich vom Liegestuhl, ging in das Schlafzimmer, setzte sich vor ihren Toilettentisch und löste die Lockenwickler aus dem Haar. Selbst diese Beschäftigung erschöpfte sie. Sie warf ihren Morgenrock ab und saß nun nackt vor dem Spiegel. Bisweilen ertappte sie sich dabei, daß sie das alltägliche Einerlei von Lyon vermißte. Sie dachte daran, wie sie mit ihren Freundinnen gelacht und gescherzt hatte, wie sie heimlich gekichert hatten, wenn ein vorübergehender Mann ihnen auf der Straße nachgeschaut hatte; sie dachte an die Vertraulichkeiten, den Austausch von Briefchen, das Gewisper im Schlafzimmer, wenn die Freundinnen zum Tee kamen.

Jetzt, als Madame la Marquise, hatte sie niemanden, mit dem sie vertraut war, mit dem sie lachen konnte. Alle Personen in ihrer Umgebung waren in gesetztem Alter, langweilig, einem Leben verhaftet, das in festen Bahnen verlief. Diese endlosen Besuche von Edouards Verwandten im Schloß! Seine Mutter, seine Schwestern, seine Brüder, seine Schwägerinnen! Im Winter, in Paris, war es genau dasselbe. Niemals ein neues Gesicht, niemals die Ankunft eines Fremden. Die einzige Abwechslung bot sich bestenfalls, wenn einer von Edouards Geschäftsfreunden zum Essen erschien und ihr bei ihrem Eintritt in den Salon, von ihrer Schönheit überrascht, einen kühnen, bewundernden Blick zu warf, sich dann verneigte und ihr die Hand küßte.

Wenn sie solch einen Besucher während der Mahlzeit beobachtete, ließ sie ihrer Phantasie freien Lauf und malte sich aus, daß sie sich heimlich träfen, daß ein Taxi sie zu seiner Wohnung brächte, sie einen engen, dunklen Flur beträte, auf einen Klingelknopf drückte und in ein fremdes, nie betretenes Zimmer schlüpfte. War die lange Mahlzeit aber vorüber, so verbeugte sich der Geschäftsfreund und ging seines Weges. Hinterher dachte sie dann: Er hat nicht einmal besonders gut ausgesehen, seine Zähne waren sogar falsch. Aber diesen rasch unterdrückten Blick voll Bewunderung – den konnte sie nicht entbehren.

Jetzt kämmte sie vor dem Spiegel ihr Haar, scheitelte es seitlich und erprobte die neue Wirkung. Durch das Gold des Haares ein Band in der Farbe der Fingernägel, ja, ja ... und dann später das weiße Kleid und, lose über die Schulter geworfen, diesen Chiffonschal. So würde sie nachher in Begleitung der Kinder und der englischen Gouvernante auf der Terrasse erscheinen, vom Maître d'hôtel dienernd zum Ecktischchen unter dem gestreiften Sonnenschirm geleitet; die Leute würden sie anstarren, flüstern und aller Augen auf sie gerichtet sein, wenn sie sich in einstudierter, mütterlich zärtlicher Geste zu einem der Kinder neigte und ihm die Locken streichelte, ein Anblick voll Anmut und Schönheit.

Jetzt aber, vor dem Spiegel, nur der nackte Körper und der traurige, verdrossene Mund. Andere Frauen hatten Liebhaber. Ihr kam oft Skandalgetuschel zu Ohren, selbst während dieser endlosen, steifen Diners, wo Edouard, weit entfernt von ihr, am anderen Ende der Tafel saß. Nicht nur in der feschen Lebewelt, zu der sie keinen Zugang hatte, sondern sogar in den alten Adelskreisen, denen sie jetzt angehörte, kam so etwas vor. »On dit, vous savez ...«, die gemurmelten Andeutungen gingen von Mund zu Mund, man hob die Augenbrauen, zuckte die Achseln.

Manchmal, wenn bei einer Teegesellschaft eine Besucherin frühzeitig, vor sechs Uhr, mit der Entschuldigung, sie werde irgendwo erwartet, aufbrach und die Marquise dann, Worte des Bedauerns murmelnd, den Gast verabschiedete, durchzuckte es sie: Geht sie jetzt zu einem Rendezvous? War es möglich, daß diese brünette, ziemlich gewöhnliche kleine Komtesse schon in zwanzig oder noch weniger Minuten vor Erregung bebend, geheimnisvoll lächelnd ihre Kleider zu Boden gleiten ließ?

Auch Elise, ihre Lyzeumsfreundin in Lyon, hatte nach nunmehr sechsjähriger Ehe einen Liebhaber. Sie nannte ihn in ihren Briefen niemals bei Namen, schrieb von ihm nur als »mon ami«. Die beiden brachten es fertig, sich zweimal wöchentlich, montags und donnerstags, zu treffen. Er besaß ein Auto und fuhr mit ihr aufs Land hinaus, auch im Winter. Elise pflegte der Marquise zu schreiben: »Aber wie plebejisch muß Dir in der großen Welt meine kleine Affäre erscheinen. Wieviel Anbeter und Abenteuer magst Du erst haben! Erzähle mir von Paris und den Festen und wer in diesem Winter der Mann Deiner Wahl ist.« In ihren Antworten ging die Marquise mit halben Andeutungen und versteckten Anspielungen scherzend über die Frage hinweg und machte sich dann an die Beschreibung des Kleides, das sie kürzlich bei einem Empfang getragen hatte. Sie berichtete jedoch nicht, daß dieser Empfang bereits um Mitternacht zu Ende, daß er formell und todlangweilig gewesen war, und auch nicht, daß sie Paris nur von den Ausfahrten mit den Kindern kannte, von ihren Besuchen im Modesalon, wo sie schon wieder ein neues Kleid anprobierte, und von den Sitzungen beim Friseur, wo sie sich vielleicht wieder einmal eine neue Frisur legen ließ. Und dann das Leben auf dem Schloß: Sie beschrieb die Räume, ja, die vielen Gäste, die langen, feierlichen Baumalleen, die riesigen Waldungen; aber kein Wort über die eintönigen Regentage im Frühling, kein Wort über die sengende Hitze des beginnenden Sommers, wenn sich Schweigen wie ein großes, weißes Leichentuch über den Ort legte.

»Ah! Pardon, je croyais que madame était sortie ...« Er war, ohne anzuklopfen, hereingekommen, dieser Hoteldiener, einen Besen in der Hand. Diskret zog er sich aus dem Zimmer zurück, aber doch erst, nachdem er sie dort nackt vor dem Spiegel wahrgenommen hatte. Fraglos mußte er gewußt haben, daß sie nicht ausgegangen war; vor ein paar Minuten hatte sie ja noch auf dem Balkon gelegen. Hatte in seinen Augen, bevor er das Zimmer verließ, außer Bewunderung nicht auch Mitleid gestanden? Als habe er sagen wollen: »So schön und ganz allein? Das sind wir in diesem Hotel, wohin die Leute zu ihrem Vergnügen kommen, nicht gewohnt ...«

Himmel, wie heiß es war! Kein Lüftchen, nicht einmal von der See. Schweißtröpfchen perlten ihr von den Armen über den Körper hinunter.

Sie kleidete sich träge an, zog das kühle weiße Kleid über und schlenderte wieder auf den Balkon hinaus, wo sie das Sonnendach hochgleiten ließ und sich der vollen Tageshitze aussetzte. Eine dunkle Brille verbarg ihre Augen. Die einzigen Farbflecke lagen auf ihrem Mund, ihren Füßen und Händen und dem über die Schulter geworfenen Schal. Die dunklen Brillengläser verliehen dem Tag eine sattere Tönung. Das Meer, für das bloße Auge enzianblau, war violett geworden, der weiße Sand schimmerte olivenbraun, und die prunkenden Blumen in den Kübeln auf der Terrasse zeigten jetzt tropische Glut. Als die Marquise sich über die Balkonbalustrade lehnte, brannte das heiße Holz ihre Hände. Wieder stieg Zigarrenrauch, unbekannt woher, zu ihr empor. Gläser klirrten, als ein Kellner an einem Tisch auf der Terrasse Apéritifs servierte. Irgendwo sprach eine Frau, eine Männerstimme fiel lachend ein.

Mit lechzender Zunge trottete ein Schäferhund über die Terrasse zur Mauer, um dort ein kühles Ruheplätzchen zu finden. Eine Gruppe halbnackter junger Leute kam vom Strand herbeigelaufen und rief laut nach Martinis; ihre bronzefarbenen Körper glitzerten vom getrockneten Salz des Meeres. Amerikaner natürlich. Sie warfen ihre Handtücher über die Stühle. Einer von ihnen pfiff dem Schäferhund, der sich jedoch nicht rührte. Die Marquise blickte verächtlich auf sie hinunter; in ihre Geringschätzung mischte sich aber ein Anflug von Neid. Sie konnten kommen und gehen, in ein Auto klettern, fortfahren, wie es ihnen gerade paßte. Sie lebten in einem Zustand nichtssagender, ausgelassener Fröhlichkeit, tauchten immer in Gruppen auf, zu sechst oder zu acht, zogen natürlich auch zu zweit los, bildeten Pärchen, tauschten Zärtlichkeiten aus. Aber – und hier ließ die Marquise ihren verächtlichen Gefühlen freien Lauf – ihre Fröhlichkeit barg kein Geheimnis. Ihr Leben lag offen zutage, es konnte keine Spannung enthalten. Sicherlich wartete niemand heimlich hinter angelehnter Tür auf einen von ihnen.

Eine Liebschaft müßte eine ganz andere Würze haben, dachte die Marquise; sie brach eine Rose, die am Spalier rankte, und steckte sie in den Ausschnitt ihres Kleides. Eine Liebesaffäre müßte etwas Verschwiegenes haben, sanft, unausgesprochen sein. Nichts Lautes, kein befreiendes Gelächter, sondern voll jener verstohlenen Neugier, die sich mit Furcht paart, und dann, wenn die Furcht dahinschwand, in schamlose Vertraulichkeit überging. Niemals dieses Schenken und Nehmen wie unter guten Freunden, nein, Leidenschaft zwischen Fremden müßte es sein.

Die Hotelgäste kehrten einer nach dem andern vom Strand zurück. Überall an den Tischen wurde Platz genommen. Die Terrasse, die während des ganzen Vormittags heiß und verlassen dagelegen hatte, füllte sich wieder mit Leben. Auswärtige Besucher kamen im Auto zum Déjeuner, mengten sich unter die vertrauteren Hotelgäste. Rechts in der Ecke saß eine Gesellschaft von sechs Personen. Unter ihrem Balkon ein Tisch mit drei Personen. Die Geschäftigkeit, das Geschwätz, Glasergeklirr und Tellergeklapper steigerten sich, so daß das Plätschern der See, das beherrschende Geräusch des Morgens, jetzt schwächer, ferner schien. Die Ebbe setzte ein, das Wasser rieselte vom Strand zurück.

Dort kamen die Kinder mit Miß Clay, der Gouvernante. Wie kleine Puppen trippelten sie über die Terrasse, hinter ihnen Miß Clay im gestreiften Baumwollkleid, mit vom Baden zerzaustem Haar; plötzlich blickten sie zum Balkon auf und winkten, »Maman, Maman ...« Sie lehnte sich lächelnd vor, wie gewöhnlich weckte das Rufen der Kinder Aufmerksamkeit. Jemand blickte mit den Kindern empor, ein Mann am Tisch zur Linken lachte und gab seinem Nachbarn ein Zeichen; die erste Welle der Bewunderung brandete auf und würde verstärkt wiederkehren, wenn die Marquise, die schöne Marquise, mit ihren engelgleichen Kindern einträte. Ein Raunen würde sie umschweben wie der Zigarettenrauch, wie die gedämpfte Unterhaltung der Gäste an den andern Tischen. Dies war tagein, tagaus alles, was ihr das Déjeuner auf der Terrasse bescherte, dieses Rauschen der Bewunderung, der Ehrerbietung und danach – Vergessen. Ein jeder ging seinem Vergnügen nach, zum Schwimmen, zum Golf, zum Tennis, zu Autofahrten, nur sie allein blieb mit den Kindern und Miß Clay zurück, schön und unbewegt.

»Schau, Maman, ich hab am Strand einen kleinen Seestern gefunden; wenn wir abreisen, nehm ich ihn mit nach Haus.«

»Nein, nein, das ist gemein von dir, er gehört mir. Ich hab ihn zuerst gesehen.«

Die kleinen Mädchen begannen sich zu streiten.

»Still, Céleste, Hélène, ich bekomme Kopfweh davon.«

»Madame ist müde? Sie müssen nach dem Essen ruhen. Es wird Ihnen guttun in dieser Hitze.« Die taktvolle Miß Clay beugte sich ermahnend zu den Kindern hinunter. »Wir sind alle müde. Ruhe wird uns allen guttun.«

Ruhen ... dachte die Marquise. Als ob ich jemals etwas anderes täte! Mein Leben ist eine einzige lange Ruhe. Il faut reposer. Repose-toi, ma chérie, tu as mauvaise mine. Winters und sommers bekam sie diese Worte zu hören. Von ihrem Gatten, der Gouvernante, den Schwägerinnen, von allen diesen betagten, langweiligen Bekannten. Das Leben war eine einzige lange Folge von Ausruhen, von Aufstehen und wieder Ausruhen. Wegen ihrer Blässe und Zurückhaltung hielt man sie für zart. Himmel, wieviel Stunden ihrer Ehe sie ruhend verbracht hatte, im Bett, bei geschlossenen Jalousien! Im Palais in Paris, im Schloß auf dem Land, von zwei bis vier Uhr ruhen, immer nur ruhen!

»Ich bin durchaus nicht müde«, sagte sie zu Miß Clay; ihre sonst so melodische, sanfte Stimme war plötzlich scharf, schneidend geworden. »Ich werde nach dem Essen einen Spaziergang machen. Ich werde in die Stadt gehen!«

Die Kinder starrten sie mit runden Augen an,

und Miß Clay – auch in ihrem Ziegengesicht malte sich Überraschung – öffnete den Mund zum Protest: »Aber Sie werden in dieser Hitze umkommen! Außerdem sind die paar Geschäfte zwischen eins und drei immer geschlossen. Warum wollen Sie nicht bis nach dem Tee warten? Es wäre bestimmt klüger, bis nach dem Tee zu warten. Die Kinder könnten Sie begleiten, und ich würde inzwischen etwas bügeln.«

Die Marquise antwortete nicht. Sie erhob sich; die Kinder hatten beim Déjeuner getrödelt – Céleste war beim Essen immer besonders langsam –, und die Terrasse lag jetzt nahezu ausgestorben da. Niemand von Bedeutung würde von ihrem Abgang Notiz nehmen.

Die Marquise ging in ihr Zimmer hinauf, puderte sich noch einmal, zog die Lippen nach und tauchte ihren Zeigefinger in Parfüm. Von nebenan erklang das Maulen der Kinder; Miß Clay brachte sie zu Bett und ließ die Rouleaus herab. Die Marquise ergriff ihre strohgeflochtene Handtasche, steckte das Portemonnaie, eine Filmrolle und ein paar Kleinigkeiten ein, schlich auf Zehenspitzen am Kinderzimmer vorüber, schritt die Treppe hinunter und trat aus dem Vorgarten des Hotels auf die staubige Straße hinaus.

Sofort zwängten sich Kieselsteinchen durch

ihre offenen Sandalen, grelles Sonnenlicht prallte ihr auf den Kopf, und plötzlich erschien ihr das, was vor kurzem aus der Laune des Augenblicks als ungewöhnlich gelockt hatte, jetzt, da sie es tat, töricht und sinnlos. Die Straße lag verlassen, der Strand öde, die Gäste, die dort am Vormittag, als sie müßig auf dem Balkon gelegen hatte, gespielt und getollt hatten, hielten jetzt in ihren Zimmern Mittagsruhe wie Miß Clay und die Kinder. Die Marquise allein wanderte die sonnendurchglühte Landstraße entlang in die Stadt.

Hier war es genauso, wie Miß Clay prophezeit hatte. Die Geschäfte waren geschlossen, die Jalousien überall herabgelassen, die geheiligte Stunde der Siesta herrschte unangefochten.

Die Marquise schlenderte die Straße entlang, die Strohhandtasche in ihrer Hand wippte hin und her; in dieser schlafenden, gähnenden Welt war sie die einzige Spaziergängerin. Selbst das Café an der Ecke war ausgestorben, ein sandfarbener Hund, den Kopf zwischen den Pfoten, schnappte mit geschlossenen Augen nach Fliegen, die ihn belästigten. Überall waren Fliegen. Sie summten an den Fenstern der Apotheke, wo dunkle, mit geheimnisvollen Medizinen gefüllte Flaschen eingezwängt zwischen Hautwässern, Schwämmen und Kosmetika standen. Auch an einer Schaufensterscheibe, hinter der Sonnenbrillen, Spaten, rosa Puppen und Tennisschuhe lagen, tanzten Fliegen. Sie krabbelten hinter einem Eisengitter über den leeren, blutbespritzten Hauklotz des Fleischerladens. Aus der Wohnung über dem Laden drang das Kreischen eines Radios, das plötzlich abgedreht wurde, danach das schwere Seufzen eines Menschen, der ungestört schlafen möchte. Selbst das Postamt war geschlossen; vergebens rüttelte die Marquise, die Briefmarken kaufen wollte, an der Tür.

Jetzt fühlte sie unter dem Kleid Schweißperlen sickern; die Füße in den dünnen Sandalen schmerzten sie bereits nach dieser kurzen Strekke. Die Sonne brannte sengend und schonungslos; plötzlich, beim Anblick der leeren Straße, der Häuser mit den dazwischenliegenden Läden, die ihr alle versperrt waren und im geheiligten Siestafrieden versunken lagen, packte sie eine wilde Sehnsucht nach einem kühlen, dunklen Ort – einem Keller vielleicht, wo Wasser aus einem Hahn tröpfelte. Ja, Geräusch von Wasser, das auf Steinfliesen tropfte, würde ihre durch die Sonne überreizten Nerven besänftigen.

Enttäuscht und erschöpft, fast dem Weinen nahe, betrat sie einen kleinen Gang zwischen zwei Geschäften, von dem Stufen zu einem Hofplatz hinabführten; kein Sonnenstrahl drang dorthin. Hier blieb sie einen Augenblick, die Hand gegen die kühle, glatte Mauer gestützt, stehen. Neben ihr befand sich ein Fenster mit geschlossenen Jalousien, ermattet lehnte sie den Kopf dagegen. Plötzlich wurde die Jalousie zu ihrer Überraschung geöffnet, und aus einem dahinterliegenden, dunklen Zimmer schaute ein Gesicht sie an.

»Je regrette ...«, begann sie, peinlich berührt, daß sie hier wie ein Eindringling ertappt worden war, wie jemand, der die Heimlichkeiten, den Schmutz einer Kellerwohnung neugierig beäugte. Ja, es war albern, aber die Stimme versagte ihr wirklich, denn das am Fenster erschienene Gesicht war so eigenartig, von solcher Milde, daß es einem glasgemalten Heiligen der Kathedrale zu gehören schien. Es war von einer Wolke schwarzgelockten Haares umrahmt, die Nase war schmal und gerade, der Mund wie gemeißelt, und die ernsten, zärtlichen braunen Augen glichen denen einer Gazelle.

»Vous désirez, Madame la Marquise?« fragte der Mann als Antwort auf ihren unbeendeten Satz.

Er kennt mich, er hat mich also schon einmal gesehen, dachte sie verwundert; diese Feststellung überraschte sie jedoch weniger als seine Stimme, die weder roh noch barsch klang, so gar nicht zu jemandem paßte, der im Keller unter einem Laden wohnte, sondern kultiviert und klar, eine Stimme, die der Sanftheit dieser Gazellenaugen entsprach.

»Oben auf der Straße war es so schrecklich heiß«, sagte sie. »Die Läden hatten alle geschlossen, und ich fühlte mich plötzlich ganz elend. So kam ich hier die Stufen hinunter. Es tut mir sehr leid, wenn ich gestört habe.«

Das Gesicht am Fenster verschwand. Irgendwo öffnete sich eine Tür, die sie vorher nicht gesehen hatte, und plötzlich fand sie sich im Flur auf einem Stuhl wieder. Der Raum war dunkel und kühl wie der Keller, nach dem sie sich gesehnt hatte; er reichte ihr einen irdenen Becher Wasser.

»Danke, vielen Dank«, sagte sie. Als sie aufblickte, merkte sie, daß er sie betrachtete, demütig, ehrerbietig, den Wasserkrug in der Hand; mit seiner sanften, schmeichelnden Stimme fragte er: »Darf ich Ihnen noch irgend etwas reichen, Madame la Marquise?«

Sie schüttelte den Kopf. In ihr regte sich das vertraute Gefühl, diese heimliche Lust, die ihr Bewunderung stets bereitete; erst jetzt, zum erstenmal, seit er das Fenster geöffnet hatte, wurde sie sich wieder ihrer Wirkung bewußt, zog mit wohlberechneter Geste ihren Schal fester um die Schultern und registrierte, daß er die Rose an ihrem Ausschnitt betrachtete.

»Woher wissen Sie, wer ich bin?« fragte sie.

»Sie sind vor drei Tagen in Begleitung Ihrer Kinder in meinem Geschäft gewesen und haben einen Film für Ihre Kamera gekauft.«

Sie schaute ihn nachdenklich an; gewiß, sie erinnerte sich, in dem kleinen Laden mit den Kodakapparaten in der Auslage einen Film gekauft zu haben, sie entsann sich auch, daß sie von einer häßlichen, verkrüppelten und humpelnden Frauensperson bedient worden war. Aus Furcht, daß die Kinder dieses Hinken bemerken und darüber kichern könnten und sie selbst sich aus reiner Nervosität zu einem herzlosen Gelächter hinreißen lassen würde, hatte sie schnell ein paar Kleinigkeiten gekauft und den Laden verlassen.

»Meine Schwester bediente Sie«, sagte er erklärend. »Ich habe Sie vom Hinterzimmer aus gesehen. Ich selbst stehe nicht oft hinter dem Ladentisch, sondern mache Porträtaufnahmen und auch Landschaftsbilder, die dann im Sommer an die Kurgäste verkauft werden.«

»Ah, ich verstehe.«

Sie nahm wieder einen Schluck aus dem Tonbecher, und gleichzeitig trank sie die Anbetung, die in seinen Augen zu lesen stand.

»Ich habe einen Film zum Entwickeln mitgebracht«, sagte sie dann. »Ich habe ihn hier in meiner Handtasche. Wollen Sie das für mich tun?«

»Selbstverständlich, Madame la Marquise. Ich würde alles für Sie tun, was Sie auch wünschen. Seit dem Tage, als Sie meinen Laden betraten ... habe ich ...« Er unterbrach sich, eine Röte flog über sein Gesicht, und er wandte tief verwirrt die Augen ab.

Die Marquise unterdrückte den Wunsch zu lachen. Diese Bewunderung war zu grotesk. Und doch, merkwürdig, sie verlieh ihr ein Gefühl von Macht.

»*Was* haben Sie, seit ich Ihren Laden betrat?« fragte sie.

Er blickte sie wieder an. »Ich habe an nichts anderes denken können, an gar nichts anderes«, sagte er mit solcher Inbrunst, daß es sie beinahe erschreckte.

Sie reichte ihm lächelnd den Becher zurück. »Ich bin eine ganz durchschnittliche Frau«, sagte sie. »Wenn Sie mich näher kennen würden, wären Sie enttäuscht.« Eigentümlich, dachte sie, wie ich diese Situation beherrsche, ich bin weder empört noch schockiert. Hier sitze ich also in einem Keller und schwatze mit einem Fotografen, der mir gerade seine Verehrung erklärt hat.

Nein, es ist wirklich amüsant, und dazu kommt noch, daß der arme Kerl tatsächlich meint, was er sagt, daß es ihm Ernst damit ist.

»Nun?« fragte sie. »Nehmen Sie mir den Film ab?«

Es war, als könne er seine Augen nicht von ihr losreißen; herausfordernd starrte sie ihm so lange ins Gesicht, bis er den Blick senkte und aufs neue errötete.

»Würden Sie die Güte haben, sich dazu in meinen Laden zu bemühen? Ich werde ihn sofort aufschließen«, sagte er. Jetzt war sie es, die die Augen nicht von ihm abwenden konnte: das offene Trikothemd, bloße Arme, diese Kehle und dieser Kopf mit dem gelockten Haar. Sie fragte: »Warum kann ich Ihnen den Film nicht gleich hier geben?«

»Es wäre nicht korrekt, Madame la Marquise«, entgegnete er.

Sie wandte sich lächelnd ab und stieg die Stufen zur heißen Straße empor, stand wartend auf dem Bürgersteig, hörte das Rasseln des Schlüssels im Schloß, hörte, wie die Tür geöffnet wurde. Und dann – sie hatte sich Zeit gelassen und absichtlich ein wenig länger draußen gestanden, um ihn warten zu lassen – betrat sie den stickigen, dumpfen Laden, der so anders war als der kühle, stille Keller.

Er stand bereits hinter dem Ladentisch; enttäuscht bemerkte sie, daß er sich ein Jackett angezogen hatte, ein billiges, graues Ding, wie es jeder Kommis trug, daß sein Hemd zu steif gestärkt und zu blau war. Er war gewöhnlich, nichts weiter als ein Ladenbesitzer, der jetzt über den Verkaufstisch die Hand nach dem Film ausstreckte.

»Wann werden Sie die Bilder fertig haben?« fragte sie.

»Morgen«, antwortete er, und wieder sah er sie mit seinen ergebenen braunen Augen an. Und sie vergaß das ordinäre Jackett, das gestärkte blaue Hemd und sah nur noch das Trikothemd und die nackten Arme unter dem Anzug.

»Wenn Sie Fotograf sind, warum kommen Sie dann nicht ins Hotel und machen von mir und den Kindern ein paar Aufnahmen?« fragte sie.

»Wäre Ihnen das wirklich recht?«

»Warum nicht?«

Etwas Verschwiegenes glomm in seinen Augen auf und verschwand wieder, er bückte sich hinter dem Ladentisch und tat, als suche er einen Bindfaden. Es erregt ihn, dachte sie amüsiert, seine Hände zittern; aber auch ihr pochte das Herz heftiger als zuvor.

»Sehr wohl, Madame la Marquise«, sagte er. »Wann immer es Ihnen beliebt, werde ich mich im Hotel einfinden.«

»Vielleicht wäre es vormittags am günstigsten, so gegen elf Uhr.« Und mit diesen Worten, ohne auch nur adieu zu sagen, schlenderte sie lässig davon.

Sie überquerte die Straße, gab vor, in einem gegenüberliegenden Schaufenster etwas zu betrachten, und beobachtete, daß er vor die Ladentür getreten war und ihr nachschaute. Jackett und Oberhemd hatte er wieder abgelegt. Den Laden würde er wieder schließen, die Siesta war noch nicht vorüber. In diesem Augenblick bemerkte sie zum erstenmal, daß auch er ein Krüppel war, ebenso wie seine Schwester. Sein rechter Fuß steckte in einem dicksohligen Stiefel. Seltsam, dieser Anblick stieß sie nicht ab, reizte sie auch nicht zu hysterischem Lachausbruch wie bei der Schwester. Dieser plumpe Stiefel übte sogar eine eigentümliche, fremdartige Anziehung auf sie aus.

Die Marquise ging die staubige Straße entlang in das Hotel zurück.

Am nächsten Morgen um elf Uhr teilte der Hotelportier mit, daß unten in der Halle Monsieur Paul, der Fotograf, die Befehle von Madame la

Marquise erwarte. Die Marquise ließ ausrichten, sie bitte Monsieur Paul nach oben in ihr Appartement. Kurz darauf hörte sie an der Tür ein zaghaftes, leises Klopfen.

»Entrez«, rief sie. Die Arme um die Kinder gelegt, stand sie auf dem Balkon und bot ihm so ein lebendes, eigens zum Bestaunen gestelltes Bild.

Sie trug heute ein chartreusefarbenes Shantungkleid; ihr Haar, gestern wie bei einem kleinen Mädchen durch ein Band zusammengehalten, war nun in der Mitte gescheitelt und ließ, straff nach hinten gekämmt, die Ohren mit den goldenen Clips frei.

Er war bewegungslos an der Tür stehengeblieben. Die Kinder schauten betreten und verdutzt auf seinen plumpen Stiefel; da die Mutter ihnen aber eingeschärft hatte, kein Wort darüber zu verlieren, schwiegen sie.

»Dies sind meine Töchterchen«, sagte die Marquise. »Und nun müssen Sie uns sagen, wie und wo wir uns aufstellen sollen.«

Die kleinen Mädchen unterließen den vor Besuchern üblichen Begrüßungsknicks. Die Mutter hatte ihnen gesagt, es sei überflüssig, Monsieur Paul sei nur der Fotograf aus dem Laden im Städtchen.

»Wenn es Madame la Marquise recht ist, sollten Sie die Pose beibehalten, die Sie jetzt einnehmen. Es ist ganz bezaubernd so, natürlich und voller Anmut.«

»Ja, gewiß, wie Sie meinen. Steh still, Hélène.«

»Pardon, es dauert einen Augenblick, bis ich die Kamera aufgestellt habe.«

Jetzt, bei den technischen Vorbereitungen, war er in seinem Element, seine Nervosität war verschwunden. Während sie ihn beim Aufstellen des Stativs, der Drapierung des Samttuches und dem Richten der Kamera beobachtete, fielen ihr seine Hände auf, seine flinken, geschickten Hände; es waren nicht die Hände eines Handwerkers, eines Ladenbesitzers, sondern die eines Künstlers.

Ihr Blick fiel auf den Stiefel. Sein Hinken war nicht so auffällig wie das der Schwester, sein Gang hatte nicht dieses ruckartige Schlurfen, das in dem Beobachter hysterischen Lachreiz hervorruft. Er ging langsam, etwas schleifend, und die Marquise empfand um seines Gebrechens willen so etwas wie Mitleid mit ihm; denn sicherlich mußte dieser mißgestaltete Fuß ihn ständig peinigen, mußte dieser plumpe Stiefel besonders bei heißem Wetter die Haut wundreiben und quetschen.

»Darf ich jetzt bitten, Madame la Marquise?«

fragte er; schuldbewußt wandte sie den Blick von dem Stiefel ab und nahm, lieblich lächelnd, die Arme um die Kinder gelegt, ihre Pose ein.

»Ja«, sagte er. »So ist es gut, ganz entzükkend.«

Der Blick seiner ergebenen braunen Augen hielt den ihren fest. Seine Stimme war leise, sanft. Wieder, wie tags zuvor im Laden, überkam sie dieser prickelnde Reiz. Monsieur Paul drückte auf den Ball, ein leichtes Klicken ertönte.

»Noch einmal, bitte«, sagte er.

Sie verharrte in der Haltung, mit dem Lächeln auf den Lippen, merkte aber, daß er die Aufnahme diesmal weder aus technischen Gründen noch weil sie oder die Kinder sich bewegt hatten, hinauszögerte, sondern weil es ihn entzückte, sie anzusehen.

»Also nun die nächste«, sagte sie, veränderte die Stellung und brach damit den Bann. Ein Liedchen summend, trat sie auf den Balkon hinaus.

Nach einer halben Stunde wurden die Kinder unruhig und müde. Die Marquise entschuldigte sie. »Es ist so schrecklich heiß«, sagte sie. »Sie dürfen es ihnen nicht verübeln. Céleste, Hélène, holt euer Spielzeug und geht damit in die andere Ecke des Balkons.«

Die kleinen Mädchen liefen schwatzend in ihr Zimmer. Während der Fotograf eine neue Platte in den Apparat legte, wandte die Marquise ihm den Rücken zu.

»Sie wissen, wie Kinder sind«, sagte sie. »In den ersten paar Minuten ist alles neu und fesselnd, dann wird es ihnen langweilig, und sie wollen wieder etwas anderes. Sie waren rührend geduldig, Monsieur Paul.«

Sie brach eine Rose vom Spalier, umschloß sie mit den Händen und führte sie an die Lippen.

»O bitte«, stieß er hervor, »wenn Sie mir gestatten wollten, ich wage kaum, darum zu bitten ...«

»Worum?« fragte sie.

»Würden Sie mir vergönnen, eine oder zwei Aufnahmen von Ihnen allein, ohne die Kinder, zu machen?«

Sie lachte und warf die Rose über das Balkongitter auf die darunterliegende Terrasse.

»Aber natürlich«, sagte sie, »ich stehe zu Ihrer Verfügung, ich habe nichts weiter vor.«

Sie setzte sich auf die Kante des Liegestuhls und lehnte sich, den Kopf an den erhobenen Arm geschmiegt, in das Kissen zurück.

»Etwa so?« fragte sie.

Er verschwand unter dem Samttuch, regulierte die Einstellung der Linse und kam hinkend auf sie zu.

»Wenn Sie gestatten«, sagte er, »die Hand müßte ein wenig höher liegen, so ... und den Kopf bitte ein wenig mehr zur Seite.«

Er ergriff ihre Hand und brachte sie in die gewünschte Lage, legte dann behutsam, ein wenig zögernd, seine Hand unter ihr Kinn und hob es. Sie schloß die Augen. Er nahm seine Hand nicht fort. Beinahe unmerklich glitt sein Daumen sachte über ihren schlanken Hals, und die anderen Finger folgten der Bewegung des Daumens. Es war ein federleichtes Streicheln, als streife ein Vogelflügel ihre Haut.

»Ja, so ist es gut«, sagte er, »so ist es vollkommen.«

Sie öffnete die Augen und sah ihn zum Apparat zurückhinken.

Die Marquise ermüdete nicht so schnell wie ihre Kinder. Sie gestattete Monsieur Paul, eine Aufnahme zu machen, dann noch eine, dann noch eine. Die Kinder kehrten zurück, wie ihnen geheißen war, spielten in der Ecke des Balkons; ihr Geplapper bildete beim Fotografieren die Begleitung, so daß sich zwischen der Marquise und dem Fotografen im Belächeln des kindlichen Geschwätzes eine Art Einverständnis unter Erwachsenen entwickelte. Es herrschte nicht mehr die gleiche vibrierende Spannung wie zuvor.

Er wurde kühner, selbstsicherer, schlug ihr Stellungen vor, in die sie einwilligte; ein- oder zweimal war ihre Haltung falsch, und er sagte es ihr.

»Aber nein, Madame la Marquise, nicht so. So müssen Sie sitzen.«

Er kam zu ihrem Stuhl, kniete neben ihr, verschob einen Fuß, drehte eine Schulter, und mit jedem Mal wurde seine Berührung sicherer, fester. Wenn sie ihn jedoch zwingen wollte, ihrem Blick zu begegnen, sah er scheu und verlegen fort, als schäme er sich seines Tuns, als verleugneten diese sanften, sein Wesen spiegelnden Augen den Impuls seiner Hände. Sie spürte seine widerstreitenden Gefühle und genoß sie.

Und dann, nachdem er ihr Kleid zum zweitenmal drapiert hatte, merkte sie, daß er ganz blaß geworden war, daß seine Stirn voller Schweißperlen stand.

»Es ist sehr heiß«, sagte sie, »vielleicht ist es für heute genug.«

»Wie Sie belieben, Madame la Marquise. Es ist wirklich sehr warm. Ich glaube auch, es ist am besten, jetzt aufzuhören.«

Sie erhob sich, kühl und überlegen, fühlte sich weder ermüdet noch irritiert, ja sogar belebt, von neuer Energie durchströmt. Nachdem er sie verlassen hätte, würde sie an den Strand zum Schwimmen gehen. Dem Fotografen erging es anders. Sie sah, wie er sich mit dem Taschentuch das Gesicht wischte, wie erschöpft er wirkte, als er Kamera und Stativ zusammenlegte und einpackte, wieviel schwerfälliger er jetzt den plumpen Stiefel nachzog.

Mit geheucheltem Interesse blätterte sie die Abzüge ihres eigenen Films durch, den er für sie entwickelt hatte. »Sie sind wirklich dürftig«, sagte sie leichthin, »ich glaube, ich kann mit meiner Kamera nicht richtig umgehen. Ich sollte Unterricht bei Ihnen nehmen.«

»Sie brauchen nur ein wenig Übung, Madame la Marquise«, sagte er. »Als ich anfing, hatte ich einen ganz ähnlichen Apparat wie Sie. Und wenn ich Außenaufnahmen mache und auf den Klippen am Meer umherwandere, nehme ich auch jetzt noch meine kleine Kamera mit, und das Ergebnis ist ebensogut wie mit der großen.«

Sie legte die Fotos auf den Tisch. Er war zum Aufbruch bereit, hielt schon den Kasten in der Hand.

»In der Saison haben Sie sicher viel zu tun«, sagte sie. »Wie finden Sie da noch Zeit, Außenaufnahmen zu machen?«

»Ich nehme mir die Zeit, Madame la Marquise. Offen gestanden, finde ich es auch reizvoller als Porträtaufnahmen. Menschen zu fotografieren ist nur selten so befriedigend wie zum Beispiel – heute.«

Sie sah ihn an, und wieder las sie in seinen Augen diese sklavische Ergebenheit. Sie blickte ihn so lange unverwandt an, bis er verwirrt die Augen niederschlug.

»An der ganzen Küste ist die Landschaft sehr schön«, sagte er. »Sie haben dies beim Spazierengehen sicher auch bemerkt. Ich hänge mir fast jeden Nachmittag meine kleine Kamera um und wandere zu den Klippen hinaus, dort rechts vom Badestrand, bei dem großen, vorspringenden Felsblock.«

Er zeigte ihr vom Balkon aus die Richtung; sie schaute hinüber, das grüne Hochland flimmerte im Dunst der Mittagshitze.

»Es war nur ein Zufall, daß Sie mich gestern zu Hause antrafen«, fuhr er fort. »Ich war im Keller und entwickelte Filme, die wir abreisenden Kurgästen für heute versprochen hatten. Gewöhnlich gehe ich um diese Zeit auf den Klippen spazieren.«

»Es muß doch furchtbar heiß sein dort«, sagte sie.

»Schon«, meinte er, »aber so hoch über dem Meer weht immer eine leichte Brise. Und das

Angenehme ist, daß zwischen eins und vier so wenig Menschen unterwegs sind. Alle halten Mittagsruhe, und so habe ich die schöne Aussicht für mich allein.«

»Ja«, sagte die Marquise, »ich verstehe.«

Einen Augenblick lang verharrten beide schweigend. Es war, als ginge etwas Unausgesprochenes wie eine Botschaft vom einen zum andern. Die Marquise nestelte, lässig und verspielt, an ihrem Chiffontuch und knüpfte es lose ums Handgelenk.

»Ich muß selbst einmal versuchen, in der Mittagshitze spazierenzugehen«, sagte sie schließlich.

Miß Clay kam auf den Balkon hinaus und rief die Kinder, damit sie sich vor dem Déjeuner die Hände wüschen. Der Fotograf trat, Entschuldigungen murmelnd, unterwürfig beiseite. Die Marquise warf einen Blick auf ihre Uhr und stellte fest, daß es schon Mittagszeit war; die Terrasse hatte sich inzwischen mit Gästen gefüllt, das übliche Lärmen und Schwatzen, das Gläsergeklirr und Tellergeklapper waren schon im Gange, ohne daß sie davon etwas bemerkt hatte.

Jetzt, wo die Sitzung vorüber war, wo Miß Clay die Kinder holen kam, wandte sie dem Fotografen die Schulter zu und entließ ihn betont kühl und gleichgültig.

»Ich danke Ihnen«, sagte sie. »In den nächsten Tagen werde ich vorbeikommen, um mir die Probeabzüge anzusehen. Guten Morgen.«

Er verbeugte sich und ging, ein Angestellter, der ihre Befehle ausgeführt hatte.

»Hoffentlich sind ihm ein paar gute Aufnahmen geglückt«, sagte Miß Clay. »Der Herr Marquis würde sich sicherlich sehr darüber freuen.«

Die Marquise antwortete nicht. Sie nahm die goldenen Ohrclips ab, die ihrer Stimmung jetzt aus irgendeinem Grund nicht länger zu entsprechen schienen. Sie würde ohne Schmuck, auch ohne Ringe, zum Déjeuner hinuntergehen; sie fühlte, daß ihre natürliche Schönheit heute genügte.

Drei Tage vergingen, ohne daß die Marquise zum Städtchen hinunterkam. Am ersten Tag ging sie schwimmen und sah am Nachmittag beim Tennis zu. Den zweiten Tag verbrachte sie mit den Kindern und gab Miß Clay Urlaub für einen Omnibusausflug, damit sie die mittelalterlichen Städtchen der Nachbarschaft besuchen konnte. Am dritten Tag schickte sie Miß Clay und die Kinder in die Stadt mit dem Auftrag, sich nach den Probeabzügen zu erkundigen, und sie brachten sie hübsch verpackt mit. Die Marquise betrachtete sie. Sie waren wirklich ausgezeichnet, die Porträtstudien von ihr selbst die besten, die je gemacht worden waren.

Miß Clay war außer sich vor Entzücken, sie erbat sich Abzüge, um sie nach Hause, nach England, schicken zu können. »Wer hätte das für möglich gehalten«, rief sie, »daß ein kleiner Fotograf in so einem Nest solche wundervollen Bilder machen kann? Und wenn man bedenkt, daß Sie in den Ateliers in Paris für Aufnahmen Gott weiß was bezahlen müssen.«

»Ja, sie sind nicht übel«, meinte die Marquise gähnend. »Er hat sich sicher schrecklich viel Mühe gegeben. Die von mir sind besser als die von den Kindern.« Sie legte sie wieder zusammen und tat sie in ein Kommodenfach. »War Monsieur Paul auch damit zufrieden?« fragte sie die Gouvernante.

»Er hat nichts gesagt, schien aber enttäuscht, daß Sie nicht selbst gekommen waren; die Abzüge seien schon gestern fertig gewesen. Er erkundigte sich nach Ihrem Befinden, und die Kinder – sie waren übrigens sehr artig – erzählten ihm, Maman sei schwimmen gewesen.«

»Unten in der Stadt ist es zu heiß und staubig«, sagte die Marquise.

Am nächsten Nachmittag, als Miß Clay und die Kinder ruhten und das ganze Hotel in der Sonnenglut zu schlummern schien, zog die Marquise ein kurzes, ärmelloses Kleid an, ganz schlicht und unauffällig, hängte sich die kleine Kamera über die Schulter und ging, um die Kinder nicht zu wecken, leise die Treppe hinunter durch den Vorgarten des Hotels bis zum Strand, wo sie einen schmalen, zu dem grünen Hochland führenden Pfad emporstieg. Die Sonne brannte erbarmungslos, es störte sie jedoch nicht. Hier in dem sprießenden Gras gab es keinen Staub, und später am Klippenrand strichen ihr die üppig wuchernden Farne um die nackten Beine.

Der kleine Pfad wand sich durch das dichte Farnkraut und führte zeitweise so nahe am Klippenrand entlang, daß ein falscher Schritt, ein Stolpern hätte gefährlich werden können. Die Marquise, die gelassen, mit wiegenden Hüften weiterschritt, spürte jedoch weder Furcht noch Anstrengung. Sie war einzig darauf bedacht, eine Stelle zu erreichen, von wo aus sie den großen Felsblock, der mitten in der Bucht aus der Küstenlinie herausragte, überblicken konnte. Sie befand sich ganz allein auf der Höhe, weit und breit war kein Mensch. Unter ihr in der Ferne sah sie die weißen Mauern des Hotels; die Reihen der Badekabinen am Strand wirkten wie Bauklötzchen, wie Kinderspielzeug. Das Meer war spiegelblank und still, nicht einmal dort, wo es in der Bucht den Felsen umspülte, kräuselte es sich.

Plötzlich sah die Marquise oben im Farnkraut etwas aufblitzen: Es war die Linse einer Kamera. Sie tat, als hätte sie nichts bemerkt, wandte sich um und nahm, an ihrer eigenen Kamera hantierend, eine Haltung ein, als wolle sie die Aussicht fotografieren. Sie knipste einmal, noch einmal, und dann hörte sie, wie jemand sich ihr durch das raschelnde Farnkraut näherte.

Sie drehte sich um, tat überrascht. »Ah, guten Tag, Monsieur Paul«, rief sie.

Diesmal trug er weder die billige, schlechtsitzende Jacke noch das grellblaue Hemd. Er war nicht geschäftlich unterwegs, es war die Stunde der Siesta, wo er allein umherwanderte. Er hatte nur ein Trikothemd und ein Paar dunkelblaue Hosen an, auch der graue, verbeulte Hut, den sie bei seinem Besuch im Hotel voll Abscheu bemerkt hatte, fehlte, und nur das dichte schwarze Haar umrahmte sein Gesicht. Bei ihrem Anblick brach aus seinen Augen ein so leidenschaftliches Entzücken, daß sie sich abwenden mußte, um ein Lächeln zu verbergen.

»Sie sehen also, ich habe Ihren Rat befolgt und wandere hier umher, um die Aussicht zu genießen«, sagte sie leichthin. »Ich glaube aber, ich halte meine Kamera nicht richtig. Zeigen Sie mir, wie ich es machen muß.«

Er stellte sich neben sie, stützte ihre Hände, die die Kamera hielten, und brachte sie in die richtige Lage.

»Ja, natürlich«, sagte sie und trat mit einem kleinen Auflachen einen Schritt beiseite. Als er neben ihr stand und ihre Hände führte, war es ihr gewesen, als habe sie sein Herz schlagen hören, und dieses Pochen versetzte auch sie in eine Erregung, die sie sich nicht anmerken lassen wollte.

»Haben Sie Ihre Kamera mitgebracht?« fragte sie.

»Ja, Madame la Marquise«, antwortete er, »ich habe sie oben bei meiner Jacke im Farnkraut liegenlassen. Dort, dicht am Klippenrand, ist mein Lieblingsplatz. Im Frühling komme ich immer hierher, um die Vögel zu belauschen und zu fotografieren.«

»Zeigen Sie ihn mir«, sagte sie.

Er ging, »Pardon« murmelnd, voran; der von ihm ausgetretene Pfad führte zu einer kleinen Lichtung, die wie ein Nest ringsum von meterhohem Farnkraut umstanden war. Nur nach vorn war der Ausblick frei, dem Felsblock und dem Meer geöffnet.

»Nein, wie reizend«, rief sie und zwängte sich

durch das Farnkraut zu dem lauschigen Plätzchen. Sie blickte lächelnd umher, ließ sich mit natürlicher Anmut wie ein Kind zu einem Picknick nieder und griff nach dem Buch, das neben der Kamera auf seiner Jacke lag.

»Sie lesen wohl viel?« fragte sie.

»Ja, Madame la Marquise, ich lese sehr gern.« Sie warf einen Blick auf den Umschlag und las den Titel. Es war ein billiger Liebesroman von der Sorte, wie sie und ihre Freundinnen sie früher in ihren Schultaschen ins Lyzeum geschmuggelt hatten. Sie hatte solches Zeug seit Jahren nicht mehr gelesen. Wieder mußte sie ein Lächeln unterdrücken. Sie legte das Buch auf die Jacke zurück.

»Ist der Roman hübsch?« fragte sie.

Er sah sie mit seinen großen Gazellenaugen ernst an.

»Er ist sehr zärtlich, Madame la Marquise«, sagte er.

Zärtlich ... was für ein seltsamer Ausdruck! Sie begann über die Probeabzüge zu plaudern, welchen sie am besten finde, und während der ganzen Zeit genoß sie eine Art inneren Triumphs darüber, wie sie die Situation meisterte. Sie wußte genau, was sie tun, was sie sagen, wann sie lächeln, wann sie ernst dreinschauen mußte. Es erinnerte sie so merkwürdig an die

Tage der Kindheit, wenn sie und ihre kleinen Freundinnen die Hüte der Mütter aufsetzten und erklärten: »Jetzt wollen wir feine Damen spielen.« So spielte sie auch jetzt; nicht die feine Dame wie damals, sondern ... ja, was eigentlich? Sie war sich nicht klar darüber. Aber irgend etwas anderes, als sie wirklich war, sie, die jetzt schon seit langem eine richtige Dame war, eine Marquise, die in ihrem Salon auf dem Schloß am Tee zu nippen pflegte, wo uralte Kostbarkeiten und mumienhafte Gestalten den Modergeruch des Todes ausströmten.

Der Fotograf sprach nicht viel, er hörte der Marquise zu, stimmte ihr bei, nickte oder blieb einfach still, während sie verwundert ihrer eigenen, zwitschernden Stimme lauschte. Er war für sie nur ein Zuschauer, eine Marionette, die sie ignorieren konnte, um ganz versunken dem strahlenden, charmanten Geschöpf, in das sie sich plötzlich verwandelt hatte, zu lauschen.

Schließlich entstand in der einseitigen Unterhaltung eine Pause, und schüchtern brachte er hervor: »Dürfte ich es wagen, Sie um etwas zu bitten?«

»Gewiß.«

»Dürfte ich Sie hier vor diesem Hintergrund einmal allein fotografieren?«

War das alles? Wie scheu er war, wie zurückhaltend.

»Knipsen Sie, soviel Sie wollen«, sagte sie. »Es sitzt sich hier sehr nett. Vielleicht schlafe ich dabei ein.«

»La belle au bois dormant«, entschlüpfte es ihm, aber gleich, als schäme er sich seiner Vertraulichkeit, murmelte er wieder »Pardon« und griff nach der Kamera.

Diesmal bat er sie nicht, zu posieren, die Stellung zu wechseln, sondern fotografierte sie so, wie sie dort, lässig an einem Grashalm saugend, ruhte; jetzt war er es, der sich bewegte, der bald hierhin, bald dorthin ging, um ihr Gesicht aus jeder Richtung, en face, im Profil und im Halbprofil, aufnehmen zu können.

Allmählich wurde sie müde. Die Sonne brannte ihr auf das bloße Haupt, schillernde, grüngoldene Libellen tanzten und schwirrten ihr vor den Augen. Sie lehnte sich gähnend in das Farnkraut zurück.

»Darf ich Ihnen meine Jacke als Kopfkissen anbieten, Madame la Marquise?« fragte er.

Bevor sie antworten konnte, hatte er sie aufgenommen, säuberlich zusammengefaltet und als Kissen auf die Farne gelegt. Sie ließ sich darauf zurücksinken; es lag sich wunderbar weich und wohlig auf dieser abscheulichen grauen Jacke.

Er kniete neben ihr nieder, beschäftigte sich mit der Kamera, hantierte mit dem Film, und sie beobachtete ihn gähnend unter halbgeschlossenen Lidern; sie bemerkte, daß er sein ganzes Gewicht nur auf einem Knie ruhen ließ, daß er den mißgestalteten Fuß in dem plumpen Stiefel seitlich gelagert hatte. Träge überlegte sie, ob es wohl weh tue, sich darauf zu stützen. Der Stiefel war blank geputzt, blanker als der Halbschuh am linken Fuß; in einer plötzlichen Vision sah sie ihn vor sich, sah, wie er sich jeden Morgen beim Ankleiden damit abmühte, ihn putzte, vielleicht sogar mit einem Ledertuch polierte.

Eine Libelle ließ sich auf ihre Hand nieder, blieb abwartend mit schimmernden Flügeln sitzen. Worauf wartete sie? Die Marquise blies sie an, und sie flog davon. Bald kehrte sie wieder zurück, umschwirrte sie beharrlich.

Monsieur Paul hatte die Kamera beiseite gelegt, kniete aber noch immer neben ihr im Farnkraut. Sie spürte, daß er sie beobachtete, und dachte: Wenn ich mich jetzt bewege, wird er aufstehen, und dann ist alles vorüber.

Sie starrte weiter auf die glitzernde, tanzende Libelle, wußte aber: In wenigen Sekunden muß ich den Blick abwenden, oder die Libelle fliegt davon, oder das Schweigen wird so gespannt und drückend, daß ich es mit einem Lachen verscheuchen und so alles verderben werde. Zögernd, gleichsam gegen ihren Willen, wandte sie sich dem Fotografen zu, dessen große, demütige Augen in sklavischer Unterwürfigkeit auf sie gerichtet waren.

»Warum küssen Sie mich nicht?« fragte sie; ihre eigenen Worte überraschten sie, riefen in ihr plötzlich Furcht hervor.

Er blieb stumm, rührte sich nicht, blickte sie nur unverwandt an. Sie schloß die Augen, die Libelle flog von ihrer Hand auf.

Dann, als der Fotograf sich über sie neigte und sie berührte, war alles anders, als sie erwartet hatte. Es war keine jähe, leidenschaftliche Umarmung, es war, als sei die Libelle zurückgekehrt, als liebkosten seidene Schwingen ihre zarte Haut.

Bei seinem Fortgang bewies er Zartgefühl und Rücksicht, er überließ sie sich selbst, so daß keine Peinlichkeit, keine Verlegenheit, keine gekünstelte Unterhaltung aufkommen konnte.

Die Hände über den Augen, blieb sie im Farnkraut liegen und überdachte das Geschehene; sie empfand keine Scham, war ganz gelassen und überlegte kühl, erst nach einer Weile ins Hotel zurückzukehren, damit er den Strand vor ihr erreichte und keiner, der ihn vielleicht zufällig vom Hotel aus beobachtet hatte, ihn mit ihr in Verbindung bringen könne, wenn sie in einer halben Stunde nachkäme.

Sie stand auf, ordnete ihr Kleid, holte Puderdose und Lippenstift aus der Handtasche und puderte sich, da sie ihren Spiegel vergessen hatte, mit großer Vorsicht. Die Sonne brannte nicht mehr so stark wie vorher, vom Meer her wehte ein kühler Wind.

Wenn das Wetter so bleibt, dachte die Marquise, während sie sich kämmte, kann ich jeden Tag zur gleichen Zeit hierherkommen. Kein Mensch wird es je erfahren. Miß Clay und die Kinder halten zu dieser Stunde Mittagsruhe. Wenn wir, wie heute, getrennt kommen und getrennt zurückkehren und uns hier an dieser versteckten Stelle treffen, können wir unmöglich entdeckt werden. Die Ferien dauern noch über drei Wochen. Wichtig ist nur zu beten, daß das schöne, warme Wetter anhält. Falls es Regen geben sollte ...

Auf dem Rückweg zum Hotel überlegte sie, wie sie es anstellen müßte, wenn sich das Wetter änderte. Sie konnte schließlich nicht im Trenchcoat zu den Klippen hinauswandern und sich dort hinlegen, wenn Regen und Wind das Farnkraut peitschten. Gewiß, da war ja der Keller unter dem Laden. Aber im Städtchen könnte man sie beobachten, es wäre zu gefährlich. Nein, solange es nicht in Strömen goß, waren die Klippen am sichersten.

An diesem Abend schrieb sie ihrer Freundin Elise einen Brief. »Dies ist ein wundervolles Fleckchen«, schrieb sie, »ich vertreibe mir die Zeit wie gewöhnlich und ohne meinen Gatten, bien entendu!« Sie machte jedoch keine näheren Angaben über ihre Eroberung, erwähnte nur das Farnkraut und den heißen Nachmittag. Sie vermutete, wenn sie alles unbestimmt ließe, würde Elise sich einen reichen Amerikaner vorstellen, der allein, ohne seine Frau, auf einer Vergnügungsreise weilte.

Am nächsten Vormittag kleidete sie sich mit ausgesuchter Sorgfalt – sie stand lange vor ihrer Garderobe und wählte schließlich bewußt ein für diesen Badeort auffallend elegantes Kleid – und begab sich dann in Begleitung von Miß Clay und den Kindern in die Stadt. Es war Markttag, die holprigen Straßen und der Marktplatz waren voller Menschen. Viele Landbewohner waren aus den umliegenden Dörfern gekommen; Touristen, Engländer und Amerikaner, streiften umher, betrachteten die Sehenswürdigkeiten, kauften Andenken und Ansichtskarten oder saßen, den Anblick genießend, im Café am Platz.

Die Marquise fiel allgemein auf, wie sie, umtrippelt von ihren beiden Töchterchen, in ihrem kostbaren Kleid, barhäuptig, mit Sonnenbrille, lässig einherschritt. Viele Leute reckten die Hälse, um ihr nachzuschauen, andere traten in unbewußter Ehrerbietung vor ihrer Schönheit zur Seite, um sie vorüberzulassen. Sie schlenderte über den Marktplatz, kaufte hier und da ein paar Kleinigkeiten, die Miß Clay in ihre Einkaufstasche legte, und betrat dann, wie zufällig, das Geplapper der Kinder stets heiter und gelassen beantwortend, den Laden, wo Fotoapparate und Bilder ausgestellt waren.

Er war voller Kunden, die darauf warteten, bedient zu werden. Die Marquise, die keine Eile hatte, tat, als betrachte sie ein Album mit Ansichtskarten, um gleichzeitig beobachten zu können, was im Laden vor sich ging. Diesmal waren beide, Monsieur Paul und seine Schwester, anwesend; er in seinem gestärkten Hemd – es war von einem scheußlichen Rosa und noch unleidlicher als das blaue – und dem billigen grauen Jackett, während seine Schwester, wie alle Verkäuferinnen, in einem dunklen farblosen Grau steckte und ein Tuch um die Schultern trug.

Er mußte ihr Kommen bemerkt haben, denn kurz darauf trat er hinter dem Ladentisch hervor, überließ die Schlange der Wartenden seiner Schwester und näherte sich ihr, ergeben, höflich und ängstlich bemüht, ihr zu Diensten zu sein. Selbst in seinem Blick lag keine Spur von Vertraulichkeit, kein Zeichen heimlichen Einverständnisses; sie starrte ihn absichtlich unverhohlen an, um sich darüber Gewißheit zu verschaffen. Dann zog sie die Kinder und Miß Clay wie zufällig in die Unterhaltung, forderte die Gouvernante auf, die Abzüge auszuwählen, die sie nach England schicken wollte, und hielt ihn so an ihrer Seite. Dabei behandelte sie ihn herablassend, sogar hochmütig, fand an einigen Abzügen etwas auszusetzen, die, so ließ sie ihn wissen, den Kindern nicht gerecht würden und ihrem Gatten, dem Marquis, unmöglich präsentiert werden könnten. Der Fotograf murmelte Entschuldigungen: Es sei vollkommen richtig, die Bilder würden den Kindern nicht gerecht, er sei bereit, noch einmal ins Hotel zu kommen, um, selbstverständlich ohne etwas dafür zu berechnen, einen neuen Versuch zu machen. Vielleicht ließe sich auf der Terrasse oder im Garten eine bessere Wirkung erzielen.

Man drehte sich nach der Marquise um. Sie konnte spüren, daß die Blicke auf ihr ruhten, ihre Schönheit verschlangen. In unverändert herablassendem Ton, beinahe kalt und kurz, forderte sie den Fotografen auf, ihr verschiedene Artikel zu zeigen; mit beflissener, ängstlicher Eile kam er ihrem Wunsch nach.

Die anderen Kunden wurden ungehalten, traten ungeduldig von einem Fuß auf den andern und warteten darauf, von der Schwester bedient zu werden; umdrängt von Käufern, humpelte sie verstört von einem Ende des Ladentisches zum andern und reckte immer wieder den Kopf, um zum Bruder, der sie so plötzlich im Stich gelassen hatte, hinüberzuspähen, ob er sie nicht entlasten komme.

Endlich hatte die Marquise ein Einsehen, war zufriedengestellt. Der erregende, köstlich verstohlene Kitzel, den sie seit Betreten des Ladens verspürt hatte, war nun besänftigt.

»Ich werde Sie an einem der nächsten Vormittage benachrichtigen«, sagte sie zu Monsieur Paul. »Sie können dann heraufkommen und die Kinder noch einmal fotografieren. Inzwischen möchte ich aber bezahlen, was ich schuldig bin. Erledigen Sie es bitte, Miß Clay.«

Sie nahm die Kinder an die Hand, und ohne guten Morgen zu wünschen, verließ sie gleichmütig den Laden.

Zum Déjeuner kleidete sie sich nicht um, sondern behielt das elegante Kleid an, so daß die ganze Hotelterrasse, wo sich heute besonders viele Gäste und Touristen drängten, von Ausrufen über ihre Schönheit und ihre Wirkung zu schwirren und zu summen schien. Der Maître d'hôtel, die Kellner, sogar der Direktor selbst näherten sich, devot lächelnd, wie magisch angezogen, ihrem Ecktisch, und sie konnte hören, wie ihr Name raunend von Mund zu Mund ging.

Alles trug zu ihrem Triumph bei: die bewundernde Menge, der Duft von Speisen, Wein und Zigaretten, die üppigen Blütenstauden in den Kübeln, der strahlende Sonnenschein und das leise Plätschern der See. Als sie sich schließlich erhob und mit den Kindern die Treppe emporschritt, durchströmte sie ein Glücksgefühl, wie es, so dachte sie, eine Primadonna nach langem Beifallsrauschen verspüren mußte.

Die Kinder und Miß Clay verschwanden in ihren Zimmern, um der Mittagsruhe zu pflegen; geschwind wechselte die Marquise Kleid und Schuhe, schlich auf Zehenspitzen die Stufen hinunter aus dem Hotel und eilte über den glühenden Strand den Pfad hinauf zur farnbewachsenen Höhe.

Wie sie vermutet hatte, erwartete er sie bereits. Keiner von beiden erwähnte ihren vormittäglichen Besuch im Laden, keiner berührte mit einer Silbe, was sie jetzt zu dieser Stunde auf die

Klippen führte. Sie betraten die kleine Lichtung am Klippenrand und ließen sich gemeinsam nieder, und die Marquise beschrieb in mokantem Ton das unruhige und ermüdende Treiben auf der bevölkerten Terrasse beim Déjeuner und betonte, wie erholsam es sei, alledem zu entfliehen und hier oben die frische, reine Seeluft zu atmen.

Bei ihrer Schilderung des mondänen Lebens nickte er demütig zustimmend, hing an ihren Lippen, als tröffen sie von der Weisheit der Welt, und dann bat er, genau wie am vorhergehenden Tag, ein paar Aufnahmen von ihr machen zu dürfen, und wieder willigte sie ein, lehnte sich in das Farnkraut zurück und schloß die Augen.

Es war, als stände an diesem langen, schwülen Nachmittag die Zeit still. Wie zuvor schwirrten Libellen über ihr in den Farnen, wie zuvor brannte die Sonne auf ihren Körper. Gleichzeitig mit dem genießerischen Behagen an dem, was geschah, stellte sich bei ihr die seltsame befriedigende Erkenntnis ein, daß sie im Innern völlig unbeteiligt sei, daß ihr eigentliches Selbst, ihre Gefühle unberührt blieben. Sie hätte ebensogut daheim in Paris in einem Schönheitssalon ruhen können, wo man ihr die ersten verräterischen Fältchen sanft wegmassierte oder das

Haar schamponierte; allerdings mit der kleinen Einschränkung, daß dies nur träge Zufriedenheit und kein eigentliches Lustgefühl ausgelöst hätte.

Wieder brach er taktvoll und diskret auf, verließ sie wortlos, so daß sie sich ungestört herrichten konnte. Und wieder erhob sie sich, als sie ihn außer Sicht wußte, und trat den langen Rückweg zum Hotel an.

Das Glück blieb ihr treu, das Wetter änderte sich nicht. Jeden Nachmittag, sobald das Déjeuner beendet und die Kinder zur Ruhe gelegt waren, machte sich die Marquise auf ihren Spaziergang und kehrte stets gegen halb fünf zur Teestunde zurück. Miß Clay, die anfänglich ihre Energie bestaunt hatte, nahm diese Wanderungen allmählich als Gewohnheit hin. Wenn die Marquise es sich in den Kopf gesetzt hatte, in der heißesten Tageszeit auszugehen, dann war es ihre Angelegenheit; tatsächlich schien es ihr gut zu bekommen. Sie war menschlicher zu ihr, Miß Clay, und weniger gereizt gegen die Kinder. Die ständigen Kopfschmerzen und Migräneanfälle waren wie fortgeblasen, die Marquise schien diese anspruchslosen Ferien an der See in Gesellschaft von Miß Clay und den beiden Töchterchen tatsächlich zu genießen.

Nachdem vierzehn Tage vergangen waren, mußte die Marquise feststellen, daß das erste

Entzücken schwand, der Reiz der Neuheit allmählich verblaßte. Nicht etwa, daß Monsieur Paul sie in irgendeiner Weise enttäuschte, es war ganz einfach so, daß sie sich an das tägliche Ritual gewöhnt hatte; etwa wie eine erste Impfung erfolgreich wirkt, die ständige Wiederholung jedoch immer weniger anschlägt. Die Marquise entdeckte, daß sie nur dann wieder etwas von dem ersten Genuß verspüren konnte, wenn sie den Fotografen nicht länger wie eine Marionette oder einen Friseur, der ihr die Haare legte, behandelte, sondern wie einen Menschen mit verletzlichen Gefühlen. Sie fand alles mögliche an seiner äußeren Erscheinung auszusetzen, bemängelte die Länge seiner Haare, den Schnitt und die billige Qualität seiner Kleidung und schalt ihn sogar, daß er sein Geschäft nicht mit der nötigen Umsicht betreibe, daß das Material und die Kartons, die er für seine Abzüge verwendete, schlecht seien.

Wenn sie ihm solcher Art die Meinung sagte, pflegte sie sein Gesicht zu belauern, und erst, wenn sie in seinen großen Augen Angst und Qual las, wenn er erbleichte und sich tiefe Niedergeschlagenheit seiner bemächtigte, als verstünde er, wie unwürdig er ihrer sei, wie in jeder Weise unterlegen, erst dann entzündete sich in ihr aufs neue das ursprüngliche Lustgefühl.

Mit vollem Bedacht begann sie die gemeinsamen Stunden zu verkürzen. Sie erschien spät zum Rendezvous im Farnkraut und fand ihn stets mit demselben bangen Ausdruck wartend, und wenn ihr der Sinn nicht danach stand, brachte sie alles rasch und ungnädig hinter sich und schickte ihn kurzerhand auf den Heimweg, um sich dann auszumalen, wie unglücklich und erschöpft er zu seinem Laden im Städtchen zurückhinkte.

Noch immer gestattete sie ihm, Aufnahmen von ihr zu machen. Dies gehörte zu den Spielregeln, und da sie wußte, daß es ihm keine Ruhe ließ, ehe er es darin nicht bis zur Vollkommenheit gebracht hatte, zog sie mit Wonne ihren Vorteil daraus. Sie bestellte ihn zuweilen des Vormittags ins Hotel, um elegant gekleidet im Garten des Hotels zu posieren, umgeben von den Kindern und der bewundernden Miß Clay und bestaunt von den Hotelgästen in den Fenstern oder auf der Terrasse.

Der Gegensatz zwischen diesen Vormittagen, wo er als ihr Angestellter ihren Befehlen gemäß hin und her hinkte, das Stativ bald hierhin, bald dorthin schleppte, und der unvermittelten Intimität der Nachmittage im Farnkraut unter der glühenden Sonne erwies sich für sie während der dritten Woche als einziger Reiz.

Schließlich an einem bewölkten Tag, als vom Meer her ein kühler Wind wehte, erschien sie überhaupt nicht zum Rendezvous, sondern blieb statt dessen auf dem Balkon liegen und las einen Roman; die Abwechslung von dem Gewohnten empfand sie als wirkliche Wohltat.

Der folgende Tag war wieder schön, und sie beschloß, zu den Klippen hinauszuwandern; und zum erstenmal seit der Begegnung in jenem kühlen, dunklen Keller unter dem Laden machte er ihr besorgt und mit heftiger Stimme Vorwürfe.

»Ich habe gestern den ganzen Nachmittag auf Sie gewartet«, sagte er. »Ist etwas geschehen?«

Sie starrte ihn verwundert an.

»Es war ungemütliches Wetter«, entgegnete sie. »Ich zog es vor, auf meinem Balkon zu bleiben und ein Buch zu lesen.«

»Ich fürchtete, Sie seien krank geworden«, fuhr er fort. »Ich war nahe daran, im Hotel anzurufen und mich nach Ihnen zu erkundigen. Ich habe heute nacht kaum schlafen können, so besorgt und aufgeregt war ich.«

Er folgte ihr mit bekümmerten Blicken und zerfurchter Stirn zum Versteck im Farnkraut. Obwohl es für die Marquise einen gewissen Reiz hatte, seinen Kummer mitanzusehen, irritierte es sie doch gleichzeitig, daß er sich soweit vergessen konnte, ihr Betragen zu kritisieren; es war, als habe ihr Friseur in Paris oder ihr Masseur seinem Ärger darüber Ausdruck verliehen, daß sie einen bestimmten Termin nicht eingehalten hatte.

»Wenn Sie glauben, ich fühlte mich in irgendeiner Weise verpflichtet, jeden Nachmittag hierherzukommen, dann irren Sie sich«, sagte sie. »Ich habe weiß Gott noch anderes zu tun.«

Sofort lenkte er ein, wurde unterwürfig und bat sie, ihm zu verzeihen.

»Sie können nicht verstehen, was es mir bedeutet«, sagte er. »Seit ich Sie kennengelernt habe, ist mein ganzes Leben verändert. Ich lebe überhaupt nur für diese Nachmittage.«

Seine Fügsamkeit schmeichelte ihr, entflammte sie aufs neue, und gleichzeitig, während er neben ihr lag, überkam sie so etwas wie Mitleid; Mitleid mit diesem Geschöpf, das ihr so bedingungslos ergeben, so abhängig von ihr war wie ein Kind. Sie fuhr ihm über das Haar und wurde einen Augenblick lang vor Mitgefühl beinahe mütterlich weich gestimmt. Der arme Junge, er war gestern den ganzen Weg ihretwegen hier herausgehumpelt und hatte dann, in dem scharfen Wind, allein und unglücklich hier gesessen. Sie stellte sich vor, was sie ihrer Freundin Elise im nächsten Brief schreiben würde.

»Ich fürchte wahrhaftig, ich habe Paul das Herz gebrochen, er hat diese kleine ›affaire de vacances‹ tatsächlich ernst genommen. Aber was soll ich tun? Schließlich muß diese Geschichte ja ein Ende haben. Ich kann seinetwegen unmöglich mein Leben ändern. Enfin, er ist ein Mann und wird darüber hinwegkommen.« Elise würde sich einen hübschen, blonden, leichtsinnigen Amerikaner vorstellen, der bekümmert in seinen Packard kletterte und voller Verzweiflung ins Unbekannte von dannen fuhr.

Heute ließ der Fotograf sie nach dem Schäferstündchen nicht allein, sondern blieb neben ihr im Farnkraut sitzen und starrte auf den großen, ins Meer hinausragenden Felsblock.

»Ich habe über die Zukunft nachgedacht und meinen Entschluß gefaßt«, sagte er still.

Die Marquise witterte ein Drama. Wollte er damit andeuten, daß er sich das Leben nehmen würde? Gott, wie schrecklich! Natürlich wurde er damit warten, bis sie abgereist war; sie würde es niemals zu erfahren brauchen.

»Erzählen Sie mir davon«, sagte sie teilnahmsvoll.

»Meine Schwester wird sich um den Laden kümmern«, antwortete er. »Ich werde ihn ihr vermachen. Sie ist sehr tüchtig. Und ich, ja, ich werde Ihnen folgen, wohin Sie auch gehen, sei es nun nach Paris oder aufs Land. Ich werde immer für Sie bereit sein, werde dasein, wann immer Sie es wünschen.«

Der Marquise stockte der Atem, ihr blieb beinahe das Herz stehen.

»Das können Sie unmöglich tun«, sagte sie. »Wovon wollen Sie denn leben?«

»Ich habe keinen Stolz«, sagte er. »Ich weiß, daß Sie mir in Ihrer Herzensgüte etwas zukommen lassen werden. Meine Bedürfnisse sind sehr gering. Ich weiß nur, daß ich ohne Sie nicht mehr leben kann, darum ist das einzige, was mir zu tun übrigbleibt, Ihnen zu folgen. Ständig, immer. Ich werde mir ganz in der Nähe Ihres Palais in Paris und auch auf dem Land ein Zimmer mieten. Wir werden schon Mittel und Wege finden, um beisammen zu sein. Eine starke Liebe wie die unsere kennt keine Hindernisse.«

Er hatte zwar mit der üblichen Bescheidenheit gesprochen, in seinen Worten lag jedoch eine überraschende Entschiedenheit. Sie spürte, daß es für ihn kein zu ungelegener Zeit inszeniertes Theater, sondern bitterer Ernst war. Er meinte wirklich, was er sagte. Er würde wahrhaftig imstande sein, seinen Laden aufzugeben und ihr nach Paris, ja sogar ins Schloß auf dem Land zu folgen.

»Sie sind ja wahnsinnig«, rief sie heftig und

setzte sich, ohne an ihr Aussehen und ihr zerzaustes Haar zu denken, auf. »In dem Augenblick, wo ich abreise, bin ich nicht länger frei. Es ist ausgeschlossen, daß wir uns irgendwo treffen, die Gefahr, daß man uns entdeckt, wäre viel zu groß. Sind Sie sich denn über meine Situation klar? Darüber, was das für mich bedeuten würde?«

Er nickte. Sein Gesicht war traurig, aber fest entschlossen. »Ich habe alles überdacht«, sagte er. »Wie Sie wissen, bin ich sehr diskret. In dieser Hinsicht können Sie also unbesorgt sein. Ich habe mir überlegt, daß ich vielleicht eine Stellung als Diener bei Ihnen annehmen könnte. Der Verlust an Ansehen würde mich nicht stören. Ich bin nicht stolz. Aber bei einer solchen Anstellung könnten wir unser jetziges Leben weiterführen wie bisher. Ihr Gemahl, der Herr Marquis, ist sicherlich sehr beschäftigt und tagsüber häufig außer Haus, und Ihre Kinder und die englische Miß werden auf dem Land wahrscheinlich jeden Nachmittag einen Spaziergang machen. Sie sehen also, alles wäre ganz leicht, wir müssen nur den Mut dazu aufbringen.«

Die Marquise war so außer sich vor Entsetzen, daß sie kein Wort hervorbringen konnte. Etwas Schlimmeres, Katastrophaleres, als daß der Fotograf eine Stellung als Diener auf dem

Schloß erhielte, war schlechthin nicht vorstellbar. Ganz abgesehen davon, daß er völlig ungeeignet war – ihr schauderte bei dem bloßen Gedanken, ihn um die Tafel des großen Speisesaals herumhinken zu sehen –, welche Qualen würde sie nicht ausstehen in dem Bewußtsein, daß er unter einem Dach mit ihr lebte, daß er tagtäglich nur darauf wartete, bis sie nachmittags ihr Zimmer aufsuchte. Und dann das zaghafte Klopfen an der Tür, das heimliche Geflüster! Welche Erniedrigung würde nicht darin liegen, daß diese Kreatur – es gab wahrhaftig keinen anderen Ausdruck für ihn – in ihrem Haus wohnte, ständig wartend, ständig hoffend.

»Es tut mir leid«, sagte sie mit Entschiedenheit, »aber was Sie sich ausgedacht haben, ist völlig unmöglich. Nicht allein die Idee, in meinem Haus eine Dienerstellung anzunehmen, sondern überhaupt die Vorstellung, daß wir uns nach meiner Abreise jemals wieder treffen könnten. Ihr gesunder Menschenverstand muß Ihnen das doch selbst sagen. Diese Nachmittage sind ... sind durchaus angenehm gewesen, aber meine Ferien sind in Kürze vorbei, und in ein paar Tagen wird mein Mann kommen, um mich und die Kinder abzuholen, und damit hat alles ein Ende.«

Um die Unabänderlichkeit ihrer Worte zu

unterstreichen, stand sie auf, glättete ihr zerdrücktes Kleid, kämmte ihr Haar, puderte sich und griff nach der Handtasche. Sie zog ihr Portemonnaie heraus und reichte ihm ein Bündel Banknoten.

»Nehmen Sie dies für Ihr Fotogeschäft, für dringende kleine Verbesserungen«, sagte sie. »Und kaufen Sie auch Ihrer Schwester eine Kleinigkeit. Seien Sie versichert, daß ich stets mit großer Zuneigung an Sie denken werde.«

Zu ihrer Verblüffung war er totenblaß geworden, seine Lippen begannen heftig zu zittern, er erhob sich.

»Nein, nein«, rief er, »ich werde das niemals annehmen! Es ist grausam und böse von Ihnen, so etwas überhaupt vorzuschlagen.« Und plötzlich begann er, das Gesicht in den Händen vergraben, mit bebenden Schultern zu schluchzen.

Die Marquise betrachtete ihn hilflos, wußte nicht, ob sie gehen oder bleiben sollte. Er schluchzte so hemmungslos, daß sie einen hysterischen Anfall befürchtete; niemand konnte sagen, was dann geschehen würde. Er tat ihr leid, aufrichtig leid, aber mehr noch bedauerte sie sich selbst, weil er nun beim Abschied zu einer lächerlichen Figur wurde. Ein Mann, der sich so von seinen Gefühlen hinreißen ließ, war erbärmlich. Jetzt schien ihr auch diese Lichtung im Farnkraut, die ihr vorher so traulich, so romantisch vorgekommen war, etwas Schmutziges, Beschämendes zu haben. Sein Hemd, das er über eine Farnstaude gehängt hatte, sah aus, als habe eine Waschfrau es zum Bleichen in die Sonne gelegt, daneben lag sein Schlips und der billige, verbeulte Hut. Es fehlten nur noch Orangenschalen und Stanniolpapier, und das Bild wäre vollständig gewesen.

»Hören Sie auf mit dem Geheul«, sagte sie in plötzlicher Wut. »Nehmen Sie sich doch um Himmels willen zusammen.«

Das Schluchzen erstarb. Er nahm die Hände von dem verweinten Gesicht. Zitternd, mit tränenblinden, leidvollen Augen starrte er sie an. »Ich habe mich in Ihnen getäuscht«, sagte er, »jetzt habe ich Sie erkannt. Sie sind ein böses Weib, Sie zerstören herzlos das Leben leichtgläubiger Männer, wie ich es bin. Ich werde Ihrem Gatten alles erzählen.«

Die Marquise blieb stumm. Er hatte den Kopf verloren, war toll ...

»Ja«, wiederholte der Fotograf, noch immer nach Atem ringend, »das werde ich tun. Sobald Ihr Mann kommt, um Sie abzuholen, werde ich ihm alles erzählen. Ich werde ihm die Fotos zeigen, die ich hier im Farnkraut von Ihnen gemacht habe. Das wird ihm zweifellos Beweis genug dafür sein, daß Sie ihn betrügen, daß Sie schlecht sind. Er wird mir schon glauben, wird mir glauben müssen! Was er mir antun wird, ist mir gleichgültig. Mehr als jetzt kann ich nicht leiden. Aber Ihr Leben, das wird ruiniert sein, das schwöre ich Ihnen. Er wird es erfahren, die englische Miß wird es erfahren, der Hoteldirektor, alle werden es erfahren, ich werde es jedem einzelnen erzählen, wie Sie Ihre Nachmittage verbracht haben.«

Er griff nach Jacke und Hut, warf den Riemen der Kamera über die Schulter. Ein Grauen packte die Marquise, schnürte ihr Herz und Kehle zusammen. Alles, womit er gedroht hatte, würde er tun. Er würde in der Hotelhalle beim Empfangstisch stehen und warten, bis Edouard käme.

»Hören Sie«, begann sie, »wir wollen überlegen, wir können vielleicht doch zu einer Übereinkunft gelangen ...«

Er beachtete sie nicht. Sein Gesicht war bleich und entschlossen. Er bückte sich am Klippenrand, dort wo die Lichtung zum Meer hin offen war, um seinen Stock aufzuheben, und während er dies tat, flammte in ihr ein schrecklicher Impuls auf, überflutete ihr ganzes Wesen, packte sie mit unwiderstehlicher Gewalt. Mit ausgestreckten Händen lehnte sie sich vor und stieß den gebückt Stehenden hinab. Er gab nicht einmal einen Schrei von sich, er stürzte und war verschwunden.

Die Marquise sank auf die Knie zurück, kauerte dort, ohne sich zu rühren, wartete. Fühlte den Schweiß über Gesicht, Kehle und Körper rinnen. Auch ihre Hände waren feucht. Auf den Knien blieb sie dort im Versteck hocken. Allmählich kehrte ihr die Besinnung wieder; sie holte ihr Taschentuch hervor und wischte sich die Schweißtropfen von Stirn, Gesicht und Händen.

Es schien plötzlich kühl geworden zu sein, sie erschauerte. Schließlich erhob sie sich, ihre Beine trugen sie, wankten nicht, wie sie befürchtet hatte. Sie spähte über das Farnkraut: Niemand war zu sehen, wie immer war sie ganz allein auf dem Vorsprung. Fünf Minuten vergingen, und endlich zwang sie sich, an den Klippenrand zu treten und hinunterzublicken. Die Flut war gekommen, das Meer umspülte den Fuß der Klippe, stieg, brandete gegen die Felsblöcke, sank und stieg von neuem. An der Klippenwand war nichts von ihm zu entdecken; es war auch unmöglich, denn der glatte Felsen fiel senkrecht ab. Im Wasser ebenfalls keine Spur von ihm; triebe er dort, so hätte sie ihn an der Oberfläche der glatten, blauen See entdecken müssen. Er mußte also nach dem Sturz sofort gesunken sein.

Die Marquise trat vom Klippenrand zurück. Sie raffte ihre Sachen zusammen und bemühte sich, das zu Boden gedrückte Farnkraut wieder zur ursprünglichen Höhe aufzurichten, um die Spuren ihres gemeinsamen Aufenthalts zu verwischen; das Fleckchen hatte ihnen jedoch so lange als Liebesnest gedient, daß sich dies als unmöglich erwies. Vielleicht war es auch überflüssig, vielleicht hielt man es für selbstverständlich, daß die Leute zur Klippe hinauswanderten, um hier die Einsamkeit zu genießen.

Plötzlich begannen ihr die Knie derart zu zittern, daß sie sich setzen mußte. Nach einer Weile sah sie auf die Uhr. Ihr war eingefallen, daß es wichtig sein könnte, die Zeit zu wissen. Ein paar Minuten nach halb vier. Falls man sie fragte, konnte sie sagen: »Ja, ich war gegen halb vier Uhr auf der Höhe draußen, habe aber nichts gehört.« Das würde die Wahrheit sein. Es wäre keine Lüge, sondern die reine Wahrheit.

Erleichtert stellte sie fest, daß sie heute ihren Spiegel in die Handtasche gesteckt hatte. Sie blickte angstvoll hinein. Ihr Gesicht war kalkweiß, fleckig, fremd. Sie puderte sich sorgfältig und behutsam; es schien ihr Aussehen jedoch kaum zu verändern. Miß Clay würde sofort merken, daß irgend etwas nicht stimmte. Sie legte Rouge auf die Wangen, es wirkte aber zu grell, wie die roten Tupfen in einem Clownsgesicht.

Mir bleibt nur eins zu tun, dachte sie, ich muß geradewegs zum Strand in die Badekabine gehen, mich auskleiden, den Badeanzug anziehen und baden. Wenn ich dann mit feuchtem Haar und Gesicht ins Hotel zurückkehre, wird alles ganz natürlich wirken.

Sie machte sich auf den Rückweg, ihre Beine wollten sie kaum tragen, so als hätte sie tagelang krank zu Bett gelegen, und als sie schließlich den Strand erreichte, zitterte sie so sehr, daß sie fürchtete, hinzufallen. Mehr als nach irgend etwas anderem sehnte sie sich danach, im Schlafzimmer des Hotels, bei geschlossenen Fenstern und herabgelassenen Jalousien, in ihrem Bett zu liegen, sich dort in der Dunkelheit zu verkriechen. Erst mußte sie sich aber zwingen, ihren Vorsatz auszuführen.

Sie ging in die Badekabine und zog sich aus. Einige Badegäste lagen bereits lesend oder faulenzend am Strand, die Mittagsruhe näherte sich ihrem Ende. Sie ging zum Wasser, streifte die Badeschuhe ab und setzte die Bademütze auf. Während sie in dem stillen, lauen Wasser hin und her schwamm und ihr Gesicht benetzte, überlegte sie, wie viele Menschen am Strand sie wohl bemerkten, sie beobachteten und hinterher sagen würden: »Erinnert ihr euch denn nicht mehr, wir sahen doch am Nachmittag um diese Zeit eine Frau von den Klippen herkommen?«

Sie begann zu frösteln, schwamm aber mit steifen, mechanischen Stößen weiter, hin und her, bis sie plötzlich, von Übelkeit und Entsetzen gepackt, ohnmächtig zu werden drohte. Sie sah nämlich, wie ein kleiner Junge, der mit einem Hund umhertollte, aufs Meer hinauswies, wie der Hund ins Wasser sprang und einen dunklen Gegenstand – es hätte ein treibender Baumstamm sein können – anbellte. Taumelnd entstieg sie dem Wasser, stolperte in die Badekabine und blieb dort, das Gesicht in den Händen vergraben, auf den Holzdielen liegen. Wie leicht hätte sie, wenn sie weitergeschwommen wäre, die durch die Strömung auf sie zutreibende Leiche mit den Füßen berühren können!

In fünf Tagen wurde der Marquis erwartet, der seine Frau, die Kinder und die Gouvernante abholen und im Wagen heimfahren wollte. Die Marquise bestellte ein Ferngespräch zum Schloß und fragte ihren Mann, ob es ihm nicht möglich sei, früher zu kommen. Doch, es sei noch immer schönes Wetter, aber der Ort ginge ihr jetzt auf die Nerven. Er sei zu übervölkert, zu laut, das Essen habe sich auch verschlechtert. Ihr sei, offen gestanden, alles unleidlich geworden. Sie sehne sich nach Hause, in die häusliche Umgebung; der Park müsse doch jetzt bezaubernd sein.

Der Marquis bedauerte außerordentlich, daß sie sich langweile, aber drei Tage, so meinte er, würde sie es sicher noch ertragen können. Er habe bereits alles geordnet und könne nicht früher kommen, da er in einer dringenden geschäftlichen Angelegenheit über Paris fahren müsse. Er versprach am Donnerstagmorgen bei ihr zu sein, dann könne man unmittelbar nach dem Essen aufbrechen.

»Eigentlich«, sagte er, »hatte ich gehofft, daß wir über das Wochenende bleiben würden, damit ich auch noch ein wenig baden könnte. Die Zimmer sind doch wohl bis Montag reserviert?«

Aber nein, sie habe dem Direktor bereits mitgeteilt, daß sie die Zimmer nur bis Donnerstag benötige, er habe die Räume jetzt schon für andere Gäste gebucht. Das Hotel sei überfüllt, sei völlig reizlos geworden, versicherte sie ihm. Es würde ihm gewiß auch mißfallen, besonders am Wochenende sei es ganz unerträglich. Er solle doch alles daransetzen, am Donnerstag so früh wie möglich zu kommen, damit sie sofort nach dem Déjeuner aufbrechen könnten.

Die Marquise legte den Hörer auf und begab sich wieder zu ihrem Liegestuhl auf dem Balkon. Sie griff nach einem Buch und starrte, ohne zu lesen, auf die Seiten. Sie horchte angestrengt, wartete auf das Geräusch von Schritten, von Stimmen in der Hotelhalle, auf einen plötzlichen Anruf, wartete darauf, daß der Direktor unter vielen Entschuldigungen anfragte, ob er sie wohl bitten dürfe, sich in das Büro hinunterzubemühen, es handle sich um eine etwas delikate Angelegenheit ... die Polizei wolle sie sprechen. Man glaube, sie werde eine Auskunft erteilen können. Aber das Telefon läutete nicht, weder Stimmen noch Schritte ertönten, das Leben ging weiter wie zuvor. Die langen Stunden schleppten sich durch den endlosen Tag: das Déjeuner auf der Terrasse, die Kellner geschäftig und unterwürfig wie immer, an den meisten Tischen die üblichen Gesichter, nur hier und da neue Gäste, die plappernden Kinder und Miß Clay, die sie zu gutem Benehmen ermahnte. Und während der ganzen Zeit saß die Marquise da, lauschte, wartete ...

Sie zwang sich zu essen; die Speisen, die sie zum Mund führte, schmeckten jedoch wie Sägemehl. Nach der Mahlzeit ging sie in ihr Zimmer, und während die Kinder schliefen, lag sie in ihrem Liegestuhl auf dem Balkon. Zum Tee begaben sie sich wieder auf die Terrasse hinunter. Wenn die Kinder nachmittags zum zweitenmal zum Strand gingen, um zu baden, begleitete sie sie nicht. Sie sei ein wenig erkältet, teilte sie Miß Clay mit, fühle sich nicht zum Baden aufgelegt. Sie blieb auf dem Balkon liegen.

Wenn sie abends die Augen schloß und einzuschlafen versuchte, war ihr, als spürten ihre Hände wieder die vorgeneigten Schultern, als durchzucke sie aufs neue das Gefühl, das sie erfuhr, als sie ihm den heftigen Stoß versetzte. Diese Leichtigkeit, mit der er stürzte und verschwand! Eben noch neben ihr und im nächsten Augenblick fort! Kein Stolpern, kein Schrei!

Tagsüber suchte sie angestrengten Blickes die farnbewachsene Höhe ab, hielt nach umherwandernden Gestalten Ausschau – nannte man das einen »Polizeikordon«? Aber die Klippen flimmerten einsam im grellen Sonnenlicht, niemand wanderte dort oben im Farnkraut umher.

Zweimal regte Miß Clay an, vormittags ins Städtchen hinunterzugehen, um Einkäufe zu machen, und jedesmal erfand die Marquise eine Ausrede: »Es sind immer so schrecklich viele Menschen da. Es ist zu heiß. Ich fürchte, es tut den Kindern nicht gut. Im Park ist es angenehmer, auf dem Rasenplatz hinter dem Hotel schattig und still.«

Sie selbst verließ das Hotel nicht, nicht einmal zum Spaziergang. Und der bloße Gedanke an den Strand verursachte ihr Übelkeit, körperliches Unbehagen.

»Wenn ich nur erst diese lästige Erkältung überstanden habe, dann bin ich wieder wohlauf«, erklärte sie Miß Clay.

Sie lag Stunde auf Stunde in ihrem Liegestuhl und blätterte in den Zeitschriften, die sie schon ein dutzendmal gelesen hatte.

Am Vormittag des dritten Tages, kurz vor dem Déjeuner, kamen die Kinder, Windrädchen schwenkend, auf den Balkon gelaufen.

»Schau, Maman«, rief Hélène, »meins ist rot und Célestes blau. Nach dem Tee werden wir sie auf unsere Sandburgen stecken.«

»Woher habt ihr sie?« fragte die Marquise.

»Vom Markt«, antwortete die Kleine. »Wir haben heute nicht im Park gespielt, Miß Clay hat uns zur Stadt mitgenommen, sie wollte ihre Bilder abholen, die sollten schon gestern fertig sein.«

Die Marquise erstarrte vor Schrecken. Sie blieb unbeweglich sitzen.

»Lauft und macht euch zum Essen fertig«, brachte sie schließlich hervor.

Sie konnte die Kinder mit Miß Clay im Badezimmer schwatzen hören. Kurz danach trat die Gouvernante ein. Sie schloß die Tür hinter sich. Die Marquise mußte sich zwingen, sie anzusehen. Miß Clays langes, ziemlich einfältiges Gesicht trug einen feierlichen und bekümmerten Ausdruck.

»Es ist etwas Schreckliches geschehen«, sagte sie mit gedämpfter Stimme, »ich wollte vor den Kindern nicht davon sprechen. Sicher wird es Sie sehr schmerzlich berühren. Es betrifft den armen Monsieur Paul.«

»Monsieur Paul?« fragte die Marquise. Ihre Stimme klang völlig unberührt, auch das nötige Maß von Interesse schwang mit.

»Ich ging zum Laden, um meine Abzüge abzuholen, und fand ihn geschlossen«, berichtete Miß Clay. »Die Tür war versperrt, die Jalousien herabgelassen. Ich fand es befremdend und ging in die Apotheke nebenan, um nachzufragen, ob das Geschäft vielleicht am späten Nachmittag wieder öffne. Dort teilte man mir mit, dies sei nicht zu erwarten, denn Mademoiselle Paul sei völlig verstört, ihre Verwandten seien gekommen, um ihr beizustehen. Ich fragte, was denn geschehen sei, und da erzählte man mir, der arme Monsieur Paul sei verunglückt, ertrunken, seine Leiche sei drei Meilen von hier entfernt an der Küste von Fischern gefunden worden.«

Miß Clay war, während sie berichtete, ganz blaß geworden. Offensichtlich war sie tief erschüttert. Bei ihrem Anblick kehrte der Marquise der Mut wieder. »Wie entsetzlich!« rief sie. »Weiß man denn, wann es geschah?«

»Ich konnte mich der Kinder wegen in der Apotheke nicht so genau erkundigen«, sagte Miß Clay. »Ich glaube, man hat die Leiche gestern gefunden. Schrecklich entstellt, sagt man. Er muß beim Fallen gegen den Felsen geprallt sein. Es ist zu grauenvoll, ich kann gar nicht daran denken. Und seine arme Schwester, was wird sie ohne ihn bloß anfangen?«

Die Marquise warf ihr einen warnenden Blick zu und hob, Schweigen heischend, die Hand, als die Kinder ins Zimmer gelaufen kamen.

Sie gingen zum Déjeuner auf die Terrasse hinunter, und zum erstenmal seit drei Tagen schmeckte der Marquise das Essen wieder, aus irgendeinem Grund war ihr der Appetit wiedergekehrt. Weshalb dies so war, hätte sie nicht sagen können. Sie überlegte, ob es daran liege, daß dieses bedrückende Geheimnis jetzt gelüftet war. Er war tot, war gefunden worden. Diese Tatsache war also bekannt. Nach dem Déjeuner beauftragte sie Miß Clay, bei der Hoteldirektion zu erfragen, ob Näheres über den tragischen Unglücksfall bekannt sei. Miß Clay sollte ausrichten, die Marquise sei äußerst betroffen und bekümmert. Während Miß Clay den Auftrag ausführte, ging die Marquise nach oben.

Plötzlich schrillte das Telefon, es erklang der Laut, den sie so sehr gefürchtet hatte. Ihr Herzschlag setzte aus. Sie nahm den Hörer ab und lauschte.

Es war der Direktor. Er sagte, soeben sei Miß Clay bei ihm gewesen. Es sei sehr gütig von Madame la Marquise, soviel Anteil am Schicksal des verunglückten Monsieur Paul zu nehmen. Eigentlich habe er schon gestern, als das Unglück entdeckt wurde, darüber berichten wollen, habe es jedoch unterlassen, da er seine Gäste nicht gern beunruhige. Ein Unfall durch Ertrinken in einem Badeort sei immer peinlich, mache die Leute ängstlich. Ja, natürlich, man habe sofort nach Auffindung der Leiche die Polizei benachrichtigt, und es stehe fest, daß Monsieur Paul irgendwo an der Küste von den Klippen abgestürzt sei. Anscheinend habe er sehr gern Seemotive aufgenommen. Bei seiner körperlichen Behinderung habe er natürlich leicht ausgleiten können, seine Schwester habe ihn oft ermahnt, vorsichtig zu sein. Ja, es sei sehr traurig. Ein so sympathischer Mensch, sei überall beliebt gewesen, habe keine Feinde gehabt. In seiner Art wirklich ein Künstler. Ob die Aufnahmen, die er von Madame la Marquise und den Kindern gemacht habe, Beifall gefunden hätten? Oh, das freue ihn sehr. Er werde dafür sorgen, daß Mademoiselle Paul davon erfahre, und er werde sie auch wissen lassen, daß Madame la Marquise soviel Anteil nehme. Ja, ganz sicher werde sie für ein paar Beileidsworte und Blumen sehr dankbar sein. Die arme Person sei ja völlig gebrochen. Nein, der Begräbnistermin stehe noch nicht fest ...

Nach dem Gespräch rief die Marquise Miß Clay und bat sie, in einem Taxi zum Nachbarort zu fahren, wo es größere Geschäfte und, wie sie sich zu erinnern glaubte, eine sehr schöne Blumenhandlung gab. Miß Clay solle dort Blumen, vielleicht Lilien, kaufen und keine Kosten scheuen; sie werde ein Begleitkärtchen dafür schreiben. Nach ihrer Rückkehr solle Miß Clay die Blumen dem Direktor geben, der dafür sorgen werde, daß Mademoiselle Paul sie rechtzeitig erhalte.

Die Marquise schrieb das Kärtchen, das an die Blumen geheftet werden sollte. »In tiefer Teilnahme an Ihrem großen Verlust.« Sie gab Miß Clay Geld, und die Gouvernante eilte, ein Taxi zu bestellen.

Etwas später begleitete die Marquise die Kinder zum Strand.

»Ist deine Erkältung besser, Maman?« fragte Céleste.

»Ja, Chérie, jetzt kann Maman wieder baden.«

Sie planschte mit den Kindern in dem warmen, schmeichelnden Wasser.

Morgen würde Edouard eintreffen, morgen würde Edouard mit dem Wagen kommen, sie würden davonfahren, und die weißen, staubigen Landstraßen würden sich zwischen sie und das Hotel schieben. Sie würde es nie wiedersehen, auch die Klippen und das Städtchen nicht, die Ferien würden ausgelöscht sein wie etwas, das nie gewesen war.

Wenn ich tot bin, dachte die Marquise, als sie über das Meer hinausstarrte, dann werde ich dafür bestraft werden. Ich mache mir nichts vor, ich bin schuldig, ein Leben vernichtet zu haben, und Gott wird mich dafür zur Rechenschaft ziehen. Von jetzt ab will ich Edouard eine gute Frau und den Kindern eine gute Mutter sein. Ich will mich darum bemühen und meine Tat sühnen, indem ich zu allen, Verwandten, Freunden und Dienern, gütiger, freundlicher bin.

Zum erstenmal seit vier Tagen schlief sie wieder gut.

Am nächsten Morgen, als sie noch frühstückte, kam ihr Mann. Sie war über sein Erscheinen so erfreut, daß sie aus dem Bett sprang und ihm um den Hals fiel. Der Marquis war über diesen Empfang ganz gerührt.

»Es sieht ja wirklich aus, als hätte meine Kleine mich sehr vermißt«, sagte er.

»Dich vermißt? Aber natürlich habe ich dich vermißt! Darum habe ich doch angerufen. Ich sehnte dein Kommen so sehr herbei.«

»Und du bist noch immer fest entschlossen, gleich nach dem Essen aufzubrechen?«

»Ja, unbedingt ... Ich kann es hier nicht länger ertragen. Es ist alles schon gepackt, nur die letzten Kleinigkeiten sind noch in die Koffer zu legen.«

Während er auf dem Balkon Kaffee trank und mit den Kindern scherzte, kleidete sie sich an und raffte alle noch im Zimmer verstreut liegenden Dinge zusammen. Der Raum, der einen ganzen Monat ihr Gepräge getragen hatte, wurde wieder kahl und unpersönlich. In fieberhafter Hast räumte sie alles vom Toilettentisch, vom Kaminsims und vom Nachttisch. Das wäre also zu Ende! Gleich würde das Zimmermädchen mit sauberen Laken kommen, um alles für den nächsten Gast zu bereiten. Dann würde sie, die Marquise, schon auf und davon sein.

»Sag mal, Edouard, warum müssen wir eigentlich zum Essen hierbleiben?« fragte sie. »Würde es nicht netter sein, irgendwo unterwegs einzukehren? Wenn man die Rechnung schon bezahlt hat, finde ich es immer ein bißchen ungemütlich, im Hotel zu essen. Die Trinkgelder sind schon verteilt, und alles ist erledigt. Ich kann diese Stimmung nicht ausstehen.«

»Wie du willst«, sagte er. Sie hatte ihn so herzlich empfangen, daß er bereit war, all ihren Launen nachzugeben. Die arme Kleine! Sie war ohne ihn doch wohl schrecklich einsam gewesen. Er mußte es wiedergutmachen.

Die Marquise stand vor dem Spiegel im Badezimmer und malte sich die Lippen; in diesem Augenblick läutete das Telefon.

»Geh doch bitte an den Apparat, ja?« rief sie ihrem Mann zu. »Es wird der Portier sein wegen des Gepäcks.«

Der Marquis tat es, und wenige Augenblicke darauf rief er ihr zu: »Es ist für dich, Liebes. Eine Mademoiselle Paul möchte dich sprechen, um dir noch vor der Abreise für die Blumen zu danken.«

Die Marquise antwortete nicht. Als sie ins Schlafzimmer trat, schien es dem Marquis, als sei ihr Make-up unvorteilhaft, es machte sie älter, verhärmt. Wie seltsam! Sie mußte einen neuen Lippenstift benutzt haben, die Farbe stand ihr gar nicht.

»Nun, was soll ich ihr sagen?« fragte er. »Du wirst dich doch sicherlich jetzt nicht von dieser Person, wer sie auch sei, stören lassen wollen. Soll ich nicht hinuntergehen und sie abwimmeln?«

Die Marquise schien unentschlossen, beunruhigt. »Nein«, sagte sie, »nein, ich glaube, ich muß mich doch selbst um sie kümmern. Es handelt sich da nämlich um eine tragische Geschichte. Sie hatte zusammen mit ihrem Bruder ein kleines Fotogeschäft in der Stadt – ich habe dort von mir und den Kindern ein paar Aufnahmen machen lassen –, und dann passierte dieses Unglück, der Bruder ertrank. Ich hielt es für richtig, ein paar Blumen zu schikken.«

»Wie aufmerksam von dir, wirklich eine nette Geste. Aber mußt du dich jetzt deshalb aufhalten lassen? Wir sind doch am Aufbruch.«

»Sag ihr das«, bat sie, »sag ihr, daß wir gerade am Aufbruch sind.«

Der Marquis ging wieder an den Apparat; nach ein paar Worten legte er die Hand über den Hörer und flüsterte: »Sie läßt sich nicht abweisen. Sie sagte, sie habe noch Aufnahmen von dir, die sie dir persönlich übergeben wolle.«

Eisiger Schrecken lähmte die Marquise. Aufnahmen? Was für Aufnahmen?

»Aber es ist doch alles bezahlt«, flüsterte sie zurück. »Ich begreife nicht, was sie will.«

Der Marquis zuckte die Schultern.

»Nun, was soll ich ihr sagen? Es hörte sich an, als ob sie weinte.«

Die Marquise ging ins Badezimmer zurück und puderte sich noch einmal.

»Dann laß sie heraufkommen«, sagte sie. »Schärfe ihr aber ein, daß wir in fünf Minuten aufbrechen. Inzwischen kannst du schon hinuntergehen und die Kinder in den Wagen setzen. Nimm auch Miß Clay mit, ich möchte die Frau allein empfangen.«

Nachdem er gegangen war, blickte sie sich im Zimmer um. Außer ihren Handschuhen und ihrer Tasche war nichts zurückgeblieben. Noch eine letzte Anstrengung, dann die zufallende Tür, der Fahrstuhl, das Abschiedsnicken für den Direktor und dann – Freiheit!

Es klopfte; die Marquise stand wartend mit nervös verkrampften Händen an der Balkontür.

»Herein«, rief sie.

Mademoiselle Paul öffnete die Tür. Ihr Gesicht war vom Weinen rotfleckig und verquollen. Sie trug ein altmodisches Trauerkleid, das beinahe bis auf den Boden reichte. Zunächst blieb sie zögernd stehen, dann näherte sie sich mit grotesk schaukelnden, humpelnden Schritten, als bereite ihr jede Bewegung Qual.

»Madame la Marquise …«, begann sie mit bebenden Lippen und brach in Schluchzen aus.

»Bitte, weinen Sie nicht«, sagte die Marquise begütigend. »Es tut mir so schrecklich leid.«

Mademoiselle Paul zog ihr Taschentuch hervor und schnaubte sich die Nase.

»Er war das einzige, was ich auf Erden besaß«, sagte sie. »Er war so gut zu mir. Was soll ich jetzt anfangen? Wie soll ich bloß leben?«

»Haben Sie keine Verwandten?«

»Doch, Madame la Marquise, aber es sind alles arme Leute. Ich kann ihnen nicht zumuten, mich zu unterstützen. Allein, ohne meinen Bruder, kann ich das Geschäft nicht weiterführen. Ich habe nicht die Kraft dazu. Meine Gesundheit hat mir immer zu schaffen gemacht.«

Die Marquise suchte in ihrer Handtasche und entnahm ihr mehrere Banknoten.

»Ich weiß, dies ist nicht viel«, sagte sie, »aber vielleicht bedeutet es doch eine kleine Hilfe. Leider hat mein Mann in dieser Gegend nicht viele Verbindungen, aber ich will ihn fragen, vielleicht weiß er Rat.«

Mademoiselle Paul nahm die Geldscheine.

Seltsam. Sie bedankte sich nicht. »Dies wird mich bis Ende des Monats über Wasser halten und die Bestattungskosten decken«, sagte sie.

Sie öffnete ihre Handtasche und zog drei Fotografien hervor.

»Ich habe noch andere, ganz ähnlich wie diese, im Laden«, fuhr sie fort. »Mir schien, Sie haben sie über Ihrem Aufbruch ganz vergessen. Ich hab sie zwischen den andern Aufnahmen und Negativen im Keller, wo mein Bruder sie immer entwickelt hat, gefunden.«

Sie reichte der Marquise die Bilder. Bei ihrem Anblick überlief es sie eiskalt. Ja, die hatte sie vergessen, oder richtiger, sie war sich ihres Vorhandenseins gar nicht bewußt geworden. Es waren drei Aufnahmen von ihr im Farnkraut. Lässig, halb schlummernd, hingegeben, den Kopf auf seiner Jacke; ja, sie hatte das Klicken der Kamera gehört, es hatte den wollüstigen Reiz des Nachmittags erhöht. Einige hatte er ihr gezeigt, aber nicht diese.

Sie nahm die Fotografien und steckte sie in ihre Handtasche.

»Sie sagen, Sie hätten noch andere?« fragte sie mit ausdrucksloser Stimme.

»Ja, Madame la Marquise.«

Sie zwang sich, dieser Frau in die Augen zu sehen. Sie waren noch immer vom Weinen geschwollen, aber das Glitzern darin war unmißverständlich.

»Was erwarten Sie von mir?« fragte die Marquise.

Mademoiselle Paul ließ die Augen im Zimmer umherschweifen. Überall auf dem Boden zerstreut lag Seidenpapier, der Papierkorb war voller Abfälle, das Bett zurückgeschlagen.

»Ich habe meinen Bruder verloren, meinen Ernährer, meinen ganzen Lebensinhalt«, sagte sie. »Madame la Marquise haben vergnügte Ferientage genossen und kehren jetzt nach Hause zurück. Ich nehme an, Madame la Marquise wünschen nicht, daß der Herr Gemahl oder die Familie diese Aufnahmen zu Gesicht bekommen.«

»Sie haben vollkommen recht«, sagte die Marquise. »Nicht einmal ich selbst wünsche sie zu sehen.«

»Wie auch immer, scheinen mir die paar tausend Franc eine allzu bescheidene Vergütung für diese Ferien, die Madame la Marquise so sehr genossen haben.«

Die Marquise öffnete noch einmal ihre Handtasche. Sie hatte nur noch zwei Tausend- und ein paar Hundertfrancnoten bei sich.

»Das ist alles, was ich bei mir habe«, sagte sie, »bitte nehmen Sie!«

Mademoiselle Paul schnaubte sich noch einmal die Nase.

»Ich glaube, es wäre für uns beide am zweckmäßigsten, wenn wir ein festes Übereinkommen träfen«, begann sie. »Jetzt wo mein Bruder tot ist, ist meine Zukunft sehr unsicher geworden. Es könnte sein, daß ich gar nicht mehr an diesem Ort, der so viele traurige Erinnerungen für mich birgt, leben möchte. Ich frage mich immer wieder, wie mein Bruder eigentlich umgekommen ist. Am Nachmittag, bevor er für immer verschwand, ging er auf die Klippen hinaus und kam sehr niedergeschlagen zurück. Ich merkte, daß ihn irgend etwas bedrückte, fragte ihn aber nicht danach. Vielleicht hatte er jemanden treffen wollen, und dieser Jemand war nicht erschienen. Am nächsten Tag ging er wieder dorthin, und an diesem Abend kehrte er nicht mehr zurück. Ich unterrichtete die Polizei, und drei Tage später fand man seine Leiche. Ich habe der Polizei nichts von meinem Verdacht, daß er Selbstmord begangen hat, gesagt, sondern habe mich mit ihrer Darstellung von einem Unfall zufriedengegeben. Aber, Madame la Marquise, mein Bruder war ein sehr zart besaiteter Mensch, und falls er sehr unglücklich war, könnte er zu allem imstande gewesen sein. Und wenn ich vor Grübelei über diese Dinge gar nicht mehr ein und aus wissen sollte, dann könnte es passieren, daß ich zur Polizei gehe und durchscheinen lasse, er habe sich aus unglücklicher Liebe umgebracht. Es könnte sogar sein, daß ich der Polizei dann die Erlaubnis gebe, sein Fotomaterial zu durchsuchen.«

In panischem Entsetzen hörte die Marquise vor der Tür die Schritte ihres Mannes.

»Kommst du nicht, Liebling«, rief er, indem er die Tür aufriß und ins Zimmer trat. »Das Gepäck ist verstaut, die Kinder werden schon ungeduldig.«

Er begrüßte Mademoiselle Paul. Sie knickste.

»Ich werde Ihnen meine Adresse geben«, sagte die Marquise, »von meiner Wohnung in Paris und vom Schloß.«

Fieberhaft durchsuchte sie ihre Handtasche nach Visitenkarten. »Ich erwarte also, in ein paar Wochen von Ihnen zu hören.«

»Wahrscheinlich schon früher, Madame la Marquise«, sagte Mademoiselle Paul. »Wenn ich von hier wegziehen und in Ihrer Nähe wohnen sollte, würde ich mir erlauben, Ihnen, der Miß und Ihren Töchterchen in aller Ehrerbietung meine Aufwartung zu machen. Ich habe ganz in der Nähe Bekannte, auch in Paris habe ich Bekannte. Ich habe mir schon immer gewünscht, Paris einmal kennenzulernen.«

Mit einem verzerrten Lächeln wandte sich die Marquise an ihren Gatten.

»Ich habe nämlich Mademoiselle Paul aufgefordert, mich jederzeit wissen zu lassen, wenn ich ihr irgendwie behilflich sein kann.«

»Gewiß«, sagte der Marquis. »Ich habe zu meinem Leidwesen von dem Unglücksfall gehört, der Direktor hat mir davon erzählt.«

Mademoiselle Paul knickste aufs neue und richtete ihre Blicke von ihm fort auf die Marquise.

»Er war alles, was ich auf Erden besaß, Monsieur le Marquis«, sagte sie. »Madame la Marquise weiß, was er mir bedeutete. Es tut mir sehr wohl zu wissen, daß ich der gnädigen Frau schreiben darf und daß die gnädige Frau mir wiederschreiben wird. Ich werde mich dann nicht mehr so einsam und verlassen fühlen. Für jemanden, der, wie ich, allein in der Welt steht, ist das Leben sehr hart. – Darf ich Madame la Marquise eine angenehme Reise wünschen? Und eine schöne, vor allem ungetrübte Erinnerung an die Ferientage?«

Wieder knickste Mademoiselle Paul, dann drehte sie sich um und hinkte aus dem Zimmer.

»Das arme Geschöpf«, sagte der Marquis, »und dazu noch dieses Aussehen! Habe ich den Direktor richtig verstanden, daß der Bruder auch ein Krüppel war?«

»Ja ...« Die Marquise schloß die Handtasche, nahm die Handschuhe, griff nach der Sonnenbrille.

»Seltsam, daß so was in der Familie liegen kann«, sagte der Marquis, während sie den Korridor entlanggingen. Er hielt inne und klingelte nach dem Fahrstuhl. »Du hast Richard du Boulay, einen alten Freund von mir, wohl niemals kennengelernt, nicht wahr? Er hatte dasselbe Gebrechen, wie es dieser unglückselige kleine Fotograf gehabt hat, und trotzdem verliebte sich ein reizendes, völlig normales Mädchen in ihn, und sie heirateten. Sie bekamen einen Sohn, und es stellte sich heraus, daß er genauso einen schrecklichen Klumpfuß hatte wie sein Vater. Gegen diese Art Dinge ist man machtlos. Es liegt einfach im Blut und vererbt sich weiter.«

Sie stiegen in den Fahrstuhl, die Türen schlossen sich hinter ihnen.

»Hast du es dir vielleicht doch anders überlegt? Wollen wir nicht doch zum Déjeuner bleiben? Du siehst blaß aus, und du weißt, wir haben eine lange Reise vor uns.«

»Ich möchte lieber fort.«

Alle standen in der Halle, um sich zu verabschieden. Der Direktor, der Empfangschef, der Portier, der Maître d'hôtel.

»Besuchen Sie uns wieder, Madame la Marquise. Sie werden uns stets willkommen sein. Es war eine Freude, Ihnen dienen zu können. Wir alle hier werden Sie sehr vermissen.«

»Adieu ... adieu ...«

Die Marquise stieg in das Auto und nahm neben ihrem Gatten Platz. Der Wagen bog von der Hotelauffahrt in die Landstraße ein. Hinter ihr lagen die Klippen, der heiße Strand und das Meer. Vor ihr lag der lange, gerade Weg nach Haus, in die Sicherheit. Sicherheit ...?

In der gleichen augenfreundlichen Schrift
bei dtv erschienen:

Viele schöne Tage

Ein Lesebuch

Zusammengestellt von Helga Dick
und Lutz-W. Wolff
dtv 25126

Vierzehn ungewöhnliche Erzählungen.

»Schöne Tage – man wünscht sie anderen, und man wünscht sie sich selbst. Manche schönen Tage scheinen vorprogrammiert: Hochzeiten, Jubiläen, Geburtstage und natürlich der Urlaub. Aber wer sich selbst besser kennt, weiß auch, daß es oft die unauffälligen Stunden sind, die Glück und Zufriedenheit ausmachen, die seltsame Begegnungen und Überraschungen bringen und am Ende das Leben verändern. Einige dieser Augenblicke sind hier festgehalten von Madison Smartt Bell, Heimito von Doderer, Barbara Frischmuth, Peter Härtling, Marlen Haushofer, Franz Hohler, Hanna Johansen, Marie Luise Kaschnitz, Roland Koch, Siegfried Lenz, Margriet de Moor, Isabella Nadolny, Herbert Rosendorfer und Christa Wolf.